Wagner E. Stein

Wagner E. Steins Erzählungen

Erotische Kurzgeschichten
Band 1

Texte: © 2019 by Wagner E. Stein

Cover-Illustration: © 2019 by Irina Stein

Verlag und Druck: tredition GmbH, Halenreie 40-44, 22359 Hamburg

ISBN 978-3-7482-9373-6 (Paperback)

ISBN 978-3-7482-9374-3 (Hardcover)

ISBN 978-3-7482-8742-1 (e-Book)

Inhalt

Heute mal kein Sex

Ich weiß nicht, ob Sie diese Art Träume kennen, die man kurz vor dem Aufwachen hat und die einem dann so gegenwärtig sind, als wenn es sich dabei um tatsächliche Erlebnisse gehandelt hat. Wenn solche Träume dann noch etwas Sexuelles enthalten, ist man beim Aufwachen hochgradig erregt. Bei mir äußert sich das in einem quälend harten Ständer, Frauen sind dagegen gewiss äußerst feucht bis nass – das nehme ich jedenfalls an.

Der Nachteil an einer solch hartnäckigen Morgenlatte ist, dass sie beinahe schmerzt. So pralle und konzentrierte Lust wagt man kaum zu berühren, man hat Angst, dass irgendetwas platzen könnte, sobald man Hand anlegt. Also, mir geht es jedenfalls so. Ich liege dann lieber mit geschlossenen Augen da, versuche, mich mit einer Atemtechnik aus dem Yoga zu beruhigen und warte ab, bis sich das Blut wieder etwas besser verteilt, bevor ich aufstehe.

So heute Morgen, mal wieder. Ich werde wach, spüre diesen Schmerz, die bis zum Zerreißen gespannte Haut an meinem Penis und balle die Fäuste. Was zum Teufel habe ich da bloß wieder geträumt? Doch schnell schüttele ich den Gedanken ab: Das ist im höchsten Maße kontraproduktiv!

Ich atme langsam ein, schließe die Augen, halte die Luft an, lasse die Luft leise aus meiner Lunge strömen, einmal, zweimal, dreimal, und spüre Wirkung: Es lässt nach, Yoga sei Dank. Vielleicht muss ich auf ein paar Begleitumstände hinweisen: Ich bin seit etwas über einem Jahr ein so genannter Single, nachdem sich sowohl meine langjährige Ehe mit Jenny als auch die Beziehung zu Miriam erledigt haben. Und leider hatte ich in diesem vergangenen Jahr nicht den Erfolg beim weiblichen Geschlecht, den ich mir gewünscht hätte.

Und das liegt an mir. Nein, nicht, dass ich sonderlich unattraktiv bin oder gar abstoßend. Etwas alt möglicherweise, Ende Vierzig. Meine Manieren sind passabel, vielleicht habe ich aber den richtigen Umgang mit alleinstehenden Frauen verlernt. Viel Zeit habe ich leider auch nicht, im Job bin ich zu eingespannt, um mich allzu oft um mein Privatleben kümmern zu können. Beruflich kümmere ich mich nämlich um das Privatleben anderer Leute, ich bin Rechtsanwalt, spezialisiert auf Scheidungen.

Aber selbst das ist nicht der wahre Grund. Wenn ich ehrlich sein soll, dann liegt es daran, dass ich immer noch meine Wunden lecke. Ich bin noch nicht wieder so weit, mich mit Haut und Haaren auf eine mögliche Partnerin einzulassen – und die meisten Frauen spüren das. Somit bleiben mir nur die flüchtigen, kurzen Abenteuer, selten zu finden und nicht wirklich befriedigend.

Vielleicht daher diese häufigen Träume. Da gibt es offenbar Defizite, die mein Körper auf seine Weise verarbeitet. So wie jetzt. Ich wage einen Blick: „Er" steht zwar noch, aber nicht mehr so stramm und schmerzhaft wie eben. Ich wage es und stehe auf, schleppe mich ins Bad meiner inzwischen vollständig eingerichteten Junggesellenwohnung, nackt, wie ich neuerdings schlafe.

Im Spiegel begrüßt mich das ansatzweise Lachfachten-durchfurchte Gesicht, das ein wenig zerknittert wirkt und von viel zu vielen grauen Haaren bedeckt und umrahmt wird. Rasieren ist angesagt, Friseur wäre ebenfalls mal wieder fällig, allerdings gefällt mir die knapp schulterlange, dichte Mähne, die mal braun war. Ich wende mich zur Seite, mache einen Bizeps und nicke. Sportlich war ich schon immer, hab mich auch während der Ehe nie gehen lassen. Kein Bauch, nicht mal ein Bäuchlein – im Grunde genommen bin ich doch ein halbwegs ansehnlicher Mann.

Ich trete ans Waschbecken und mein Penis, der Lümmel, schiebt sich in voller Größe ins Bild. Ich kann nicht anders als ihn in die Hand zu nehmen, aber ich hüte mich, ihm seinen dringendsten Wunsch zu erfüllen: Ihn so lange zu reiben, bis er spucken muss. Das bringt um diese Tageszeit nichts außer Schweiß, Schmerzen und mühsam herausgepresstes Sperma. Außerdem sieht es affig aus, wie ich zugeben muss: Ein erwachsener Mann, der sich wie ein Teenager einen runterholt. Wenn da nur nicht dieses Rumoren wäre, diese Wellen, die durch die Eichel laufen und so gerne verstärkt werden wollen …

Es klingelt an der Tür. Ein Blick auf die Uhr: Zwanzig nach Acht. Wer wagt es, um diese Zeit zu stören? Wer wagt es überhaupt, mich hier aufzusuchen? Keine meiner Kurzzeit-Eroberungen – oder One-Night-Stands, wie man heute sagt –

kennt meinen wahren Namen, geschweige denn meine Adresse. Ich schleiche mich zur Wohnungstür, dort gibt es einen kleinen Monitor, der mir den Hausflur im dritten Stock und den Bereich vor dem Hauseingang zeigt.

Unten ist niemand zu sehen, aber direkt vor meiner Wohnung ist eine derbe, blaue Arbeitshose, festes Schuhwerk und ein großes Paket zu erkennen. Ah, der Postbote oder irgendein Zulieferdienst. Ich überlege kurz: Habe ich was bestellt? Nicht, dass ich wüsste, aber die Neugier siegt: Ich öffne lächelnd die Tür.

Sie ist blond, die Frau von der Post. Blond und schlank, sie lächelt ebenfalls. Sie hat ebenmäßige Zähne, die sind die ganze Zeit zu sehen, weil sie grinst. Sie lässt ihren Blick wohlwollend an mir herabgleiten, hält auf halber Höhe kurz inne, schnalzt fast unhörbar mit der Zunge und sieht mir wieder in die Augen. Kennerblick, geht mir durch den Sinn. Ihre Stimme klingt ein wenig zu rau für ihr helles, fast jugendliches Äußeres.

„Herr Stein? Wagner Stein, ist das richtig?"

Ich schlucke und kriege kein Wort heraus. Ich spüre das Blut, das mir in die Wangen steigt, die ersten Schweißtropfen auf meiner Stirn. Ich nicke. Ich stehe hier splitternackt mit einem Ständer in meiner Wohnungstür und vor mir steht eine einwandfrei aussehende, äußerst junge Postbotin mit schönen Zähnen, die sie momentan mit einer gewissen Gier im Gesicht fletscht.

„Ich komme rein."

Jetzt klingt sie resolut. Sie drängt mich mit dem Paket zurück in meinen Flur, schlägt die Tür elegant mit einem Hacken zu – darin erkenne ich eine bemerkenswerte Professionalität – setzt das Paket auf dem Boden ab, entledigt sich ihrer Quittungs-Elektronik und der etwas ungünstig geschnittenen Dienstjacke, orientiert sich kurz und fällt dann über mich her, so dass ich in Richtung Wohnzimmer zurückweichen muss.

„Wie alt?" presse ich heraus, und ihr „Sechsundzwanzigeinhalb!" bestätigt mich in der Überzeugung, dass ich mich hier der Verführung Minderjähriger schuldig mache. Aber ich habe keine Chance. Schneller, als ich „Bitte gehen sie" denken kann, ist sie aus den klobigen Schuhen heraus und hat die grobe

Cargohose abgestreift. Ihre Haut ist fest und glatt, der Minislip steht ihr wirklich hervorragend, die schlanken, sehnigen Beine müssen die Folge ihres Berufes sein, bei dem sie viel gehen und Treppensteigen muss. Unter dem gelben T-Shirt, das jetzt davonfliegt, ist nur noch sie, kein BH oder sonst ein störendes Utensil. Sie ist zierlich, oben herum, passend zum Rest. Erschreckend jung und zierlich, aber trotzdem zielgerichtet.

Ich stehe überrumpelt in meinem Wohnzimmer und denke über eine angemessene Reaktion nach, als ich schon ihre Lippen und ihre Zunge an meiner inzwischen wieder schmerzhaft prallen Eichel spüre. Begabt ist sie. Flink und begabt. Zu meiner Schande dauert es nicht lang, bis sich mein vorwitziger Lümmel zur Eruption entscheidet, fast meine ich, ihn kichern zu hören. Aber das ist die Postbotin: Offenbar freut sie sich über den schnellen Erfolg ihrer Oralvorstellung.

Sie schluckt, wischt sich kurz über die Lippen und wirft mich rückwärts aufs Sofa. Der Slip fliegt davon, dass sie ihn ausgezogen hat, habe ich gar nicht wahrgenommen. Schon hockt sie auf mir, setzt geschickt und sehr erfahren ihre Finger ein und in wenigen Momenten ist Mr. Little-Wagner wieder auf der Höhe, trotz der kürzlich erfolgten Leerung.

Ihre Augen blitzen, als sie sich mit ihrer Körpermitte über meinen Penis stülpt, mich förmlich einsaugt in ihre kleine, enge, junge und vor allem äußerst gierige Spalte. Oder sagt man Muschi? Vielleicht wäre in diesem Fall sogar „Vötzchen" am passendsten. Ich muss kurz an Geschichten über das abenteuerliche Leben von Postboten denken und frage mich, ob das hier gelebte Emanzipation ist, als meine Reiterin das Tempo erhöht und ihre Stöße heftiger werden.

Ganz sicher: Die Kleine fickt mich, keinesfalls anders herum. Aber Little Wagner gefällt das Spiel gut genug, um mich aus dem lästigen Gedankenkarussell herauszureißen. Die junge Postbotin krallt sich in meinen Schultern fest und haut ihre Scham mit Wucht gegen meinen Schritt, immer schneller, immer heftiger. Sie reißt an mir, schüttelt mich, peitscht mein Gesicht mit ihrer blonden Mähne, legt irgendwann ihren Kopf in den Nacken, reißt ihren Mund weit auf – mein Gott, diese Zähne sind wirklich sehenswert – und keucht ihren tonlosen Höhepunkt gegen die Zimmerdecke, während ich zwischen den Beinen förmlich gebadet werde. Mein Schwanz, der Brave, zieht nach und zuckt eine weitere Ladung heraus, was ich als eine Art Restentleerung empfinde, so als ob ein Unterdruck in mir entsteht.

Sie spürt das offenbar, es scheint ihren Orgasmus zu verlängern, was ich vor allem als drohenden Scheidenkrampf wahrnehme. Zum Glück schwimmt da unten alles und Little Wagner ist eh zusammengeschrumpft und rutscht aus ihr heraus, zeitgleich mit ihren letzten Zuckungen, bei denen sie mir ein paar herzhafte Ohrfeigen verpasst.

Recht hat sie: Ich könnte ihr Vater sein. Das ist nach wie vor Verführung durch Minderjährige und ich weiß, warum das verboten gehört. Endlich sinkt sie über mir zusammen. Ihr Herz klopft anregend wild, der Duft, den sie verströmt, ist pure Wollust mit einer Herznote Geilheit, ihre Haut ist frisch und pulsiert irgendwie im gleichen Takt wie sich mein Ständer wieder aufpumpt – ich nehme das nur am Rande wahr und kann es nicht glauben – und der Kuss, zu dem ich von ihr mit harter Hand genötigt werde, schmeckt nach Sinnesrausch und Ungeduld …

Um halb Zehn hat die Postbotin endlich meine Wohnung verlassen, vorher hat sie mir allerdings den Verstand rausgevögelt. Um Viertel nach Zehn bin ich endlich in der Lage, mich vom Wohnzimmerboden zu erheben und schleppe mich unter die Dusche. Ich mache mit dem Finger vier Striche auf den beschlagenen Badezimmerspiegel: So oft bin ich gekommen. Mein Hodensack fühlt sich an wie eine Unterdruckschleuse. Little Wagner, der Brave hängt ausgedörrt und recht gerötet zwischen meinen Beinen, ich denke, er hat genug für heute.

Ich dusche etwas schneller als sonst und ignoriere die schmerzenden Beckenknochen. Teufel, hat mich dieses Mädchen zusammengeritten. Sich abtrocknen, in den Anzug schälen – Anwälte haben adrett auszusehen – die alte Ledertasche unter den Arm klemmen, die Wohnungstür abschließen, alles mittlerweile liebgewonnene Routinen, das geht schnell und ohne nachdenken.

Aufzug gedrückt – ich muss ja hinunter in die Tiefgarage – jetzt habe ich endlich die Gelegenheit, wieder auf die Uhr zu schauen.

Fünf nach Elf. Wenn die Autobahn frei ist, bin ich zwanzig Minuten in der Kanzlei. Um halb Zwölf habe ich einen Termin mit einer neuen Klientin. Das ist zu schaffen. Der Aufzug kommt endlich und die Türen schaben schleifend auf. Vor mir steht diese Dame, die mir in unserem Haus schon mehr als einmal aufgefallen ist, weil sie mich an Shirley MacLaine erinnert, in dem Film „Das Mädchen Irma la Douce". Sie hat nur keinen kleinen Hund, sie kleidet sich aber ab und zu wie diese Filmnutte und sieht der Schauspielerin frappierend ähnlich. Ich nicke ihr zu und trete ein. Sie verzieht die Mundwinkel und wendet sich ab, ganz so, als sei allein meine Anwesenheit in dieser engen Kabine eine persönliche Beleidigung für sie.

Die Fahrstuhltür schließt sich und nach einer gefühlten Ewigkeit nimmt das altersschwache Gefährt wieder seinen Weg nach unten auf. Ich wage einen Seitenblick: Ich scheine der Jüngere zu sein, obwohl das auch an ihrer heutigen Kleidung liegen könnte, die reichlich konservativ ist. Unter dem strengen Kostüm und der hochgeschlossenen Spitzenbluse zeichnet sich aber ein durchaus attraktiver Körper ab. Ihre Brüste beispielsweise hängen kein bisschen, sondern …

„Was glotzen sie so? Haben sie keine Manieren?"

Ihre Stimme klingt wie ein Reibeisen. Ich zucke zusammen und fühle mich ertappt. Wieder schießt mir die Röte in die Wangen und ich muss viel zu lange überlegen, bis mir eine angemessene Erwiderung in den Sinn kommt. Der Fahrstuhl verlangsamt seine Bewegung, wir erreichen jeden Moment das untere Parkdeck.

„Haben sie Samenstau, junger Mann? Sie verschlingen mich ja förmlich mit ihren Blicken."

Sie sieht mich nicht an und der Sarkasmus trieft aus ihren Worten. Ich kann nur blöd grinsen und den Kopf schütteln. Mein Gesicht glüht. Endlich öffnet sich die Fahrstuhltür. Ich eile hinaus, doch dann spüre ich einen Widerstand, als hätte sich mein Jackett irgendwo verhakt. Ich kann es nicht glauben: Die

Dame hält mich fest. Die Fahrstuhltür schließt sich hinter uns. Sie kneift die Augen zusammen und mustert mich.

„Single, nicht wahr? Herr Stein aus dem dritten Stock, seit ein paar Monaten hier im Haus."

Es ist eine Feststellung, keine Frage. Ich schüttelte wieder den Kopf.

„Seit etwas mehr als einem Jahr."

Sie wischt meine Worte unwillig beiseite.

„Sag ich ja. Ein paar Monate. Da wird schon wieder eine kommen, glauben sie mir. Doch jetzt haben sie Druck, nicht wahr?"

Mir wird schwindelig, als ich ihre Hand zwischen meinen Beinen spüre. Eine starke Hand, ein fester Griff. Diese zierliche Person, wer hätte das gedacht. Sie reibt Little Wagner durch beide Hosen hindurch mit einer Zielsicherheit, die mich sprach- und reglos macht. Gleichzeitig schiebt sie mich in Richtung der Feuerschutztür, die in die Tiefgarage führt.

„Los, mach das verdammte Loch auf und lass uns diesen unangenehm hellen und muffigen Durchgang verlassen."

Ich reagiere automatisch: An meinem schnell wachsenden Schwanz geführt, erfülle ich ihre Wünsche – nein, ich gehorche ihren Befehlen. Draußen, im Garagenbereich, zieht sie mir die Aktentasche unter dem Arm weg und wirft sie achtlos zu Boden. Dann geht es schnell: Mein Gürtel flieht unter ihren Fingern, die Hose fällt, die Unterhose zerfetzt sie mit wenigen Handgriffen, dann ist ihr Mund bereits dabei, Litte Wagner zu einem Big Wagner aufzublasen und als ihr das gelungen ist, wendet sie irgendeinen Kampfsporttrick an und ich gehe rücklings zu Boden: Nackte Beine, nackter Arsch auf kaltem Asphalt, mein Ständer steht steil aufrecht. Sie entledigt sich in aller Ruhe – beinahe gemächlich – ihrer Kleidung, wirft abschätzende Blicke auf mich – ihr Opfer – und als sie fertig ist, stellt sie sich breitbeinig über mich. Gibt mir Zeit, das Geschenk zu würdigen.

Ich muss zugeben: Ich habe mich geirrt. Sie wirkte nur alt. Ohne Kleidung sieht das anders aus. Ein dralles, wohl proportioniertes Weibchen, kurze, dunkle Haare, grüne, sehr herrische Augen, tolle Brüste, und diese Spalte – oh, da war schon wieder das gleiche Problem: Muschi, Vötzchen, Vagina, Scheide, welcher Begriff zum Teufel passt zu diesem leicht glänzenden Juwel, das mich da anstrahlt und mich gleich verschlingen wird?

Ich beschließe, die richtige Wortwahl gebildeteren Menschen zu überlassen. Ich schließe die Augen, hebe mein Becken ein wenig und sie nimmt sich, was ihr angeboten wird. Kniet sich über mich, saugt meinen Schwanz in sich hinein und weidet sich an seiner Härte. Ich bete darum, dass ich nicht komme, weil ich kaum noch so etwas wie Substanz in mir spüre, aber es ist umsonst: Sie reitet mich nach Strich und Faden zusammen und der Verräter zwischen meinen Beinen antwortet ihrer Lust und ihrem Zucken mit freudigem Erguss.

Am Anfang einmal, aber das reife, dominante Weibchen dort hat Nachholbedarf, also spuckt der vorwitzige kleine Wagner gleich ein zweites Mal, lässt sich aushöhlen und leer saugen. Ich liege noch immer auf dem Boden, als sie längst verschwunden ist, ihre Schreie sind lange verhallt, nur die Pfütze, die sie hinterlassen hat, kühlt meinen Arsch. Ich beginne langsam die These vom schwachen Geschlecht anzuzweifeln.

Irgendwann habe ich es zu meinem Cabrio geschafft, mich auf den Fahrersitz gehievt, zwischen meinen Beinen brennt es und der Schmerz des Unterdrucks ist größer geworden. Shirley MacLaine ist lange vor mir aus der Tiefgarage gefahren, ungläubig starre ich auf die Uhr in meinem SLK: 11:45 Uhr. Mit zittrigen Fingern hangele ich mein Handy aus der Jakett-Innentasche und rufe Ilona an, meine Assistentin: Ich stünde im Stau, wisse nicht, wie lange ich brauchen würde und sie solle doch bitte meine Klientin vertrösten. Oder irgendwie beschäftigen.

Dann atme ich durch und starte den Wagen.

Auf dem Weg zur Kanzlei fahre ich nach wenigen hundert Metern auf die Stadtautobahn – ein Grund, warum meine Wohnung nicht sonderlich teuer ist. Dort muss ich 4,6 Kilometer bis zum nächsten Kreuz in einer

Geschwindigkeitsbegrenzung zurücklegen, dann folgen 11,8 Kilometer bis zur Abfahrt und noch einmal 2,6 Kilometer bis zu dem Bürogebäude, in dem ich residiere.

Ab dem Autobahnkreuz steht der Verkehr praktisch. Mal zieht die linke Spur schneller vor, mal die Rechte. Ich versuche abzuschätzen, wo ich besser dran bin. Zwischendurch ist Stillstand, viele Minuten. Zeit, in der ich den Zustand meines Anzuges realistisch erfassen kann. Spermaflecken am Reißverschluss der Hose, unübersehbare Feuchtigkeit im gesamten Schritt. Ich schäle mich aus dem Jackett: Der Rücken ist übersät mit Asphaltstreifen. Am Kragen meines Oberhemdes prangen deutlich sichtbare Lippenstiftspuren. Ich rieche an mir: Ich hätte ein zweites Mal duschen sollen.

Eine energische Hupe reißt mich aus meinen Gedanken. Ich blicke auf: Neben mir ein anderes Cabrio, will sich vor mir reindrängeln. Ein grellroter Schopf, mühsam gebändigt durch ein archaisches Kopftuch, Marke Tipi Hedren oder Caroline von Monaco. Ich sehe mir das Auto an: ein 56er Mark IV, ein echter Oldie. Die Frau hat Stil und steht offenbar auf das Mittelalter. Doch ich bin Gentleman: Ich signalisiere ihr, dass ich sie vorlasse. Auf diese eine Minute kommt es jetzt auch nicht mehr an.

Dreißig Meter später wähne ich eine Lücke und reagiere flott! Wechsele die Spur nach rechts, da geht es gerade schneller. Ich ziehe mit dem Rotschopf gleich auf, weil ich eine ganze Wagenlänge gewinne. Sie wendet sich mir zu und winkt – mein Gott, was für eine Frau! Dieser lange, dunkelrote Schweif, die ebenmäßigen Wangenknochen – die hat Rasse, meine Herren.

Sie trägt ein getupftes Kleid im Fünfziger-Jahre-Stil, wenn ich das richtig sehe. Ich richte mich ein wenig im Sitz auf, um einen besseren Blick auf sie zu bekommen: Alles vielversprechend! Sie bemerkt das und ich mache das Daumen-Hoch-Zeichen, woraufhin sie auflacht, sich das Kopftuch herunterzieht und ihre Feuermähne ausschüttelt, so wie im Film, nur dass eben kein Fahrtwind diese wallenden Haare flattern lässt – wir stehen ja überwiegend.

Weil ich sie anstarre verpasse ich glatt die nächste Vorwärtsbewegung unserer Kolonne. Sie nutzt den Freiraum vor mir, um sich vor meinen Wagen zu setzen.

Ab jetzt flirtet sie aus überlegener Position. Nach weiteren zehn Minuten und ungefähr zweihundert gewonnenen Metern deutet sie auf den Seitenstreifen, dreht sich um, sieht mich fragend an, winkt hektisch und hebt die Schultern. Was will sie nur? Als es wieder ein paar Meter vorwärts geht, schaltet sie die Warnblinkanlage ein und schert rechts aus. Ich folge ihr, sie weiß bestimmt, was sie tut. Ein paar ungewisse hundert Meter rollen wir Stoßstange an Stoßstange unerlaubterweise auf dem Seitenstreifen, begleitet vom Protestgehupe der Leidensgenossen, die sich nach wie vor durch den Stau stehen. Plötzlich setzt sie den Blinker und dreht nach rechts ab, aus meiner Perspektive verschwindet sie im Graben neben der Uferböschung.

Weit gefehlt: Als ich auf gleicher Höhe bin, sehe ich den asphaltierten Notweg, der von der Autobahn wegführt. Natürlich nehme ich das Verbotsschild wahr, und ja, ich bin Anwalt. Aber ich bin dem Fuchs auf den Fersen, und da dürfen Regeln auch mal gebrochen werden.

Hinter dem nächsten großen Busch steht ihr flammendroter Mark IV, leer, ohne Insassen, weit und breit keine Spur von ihr. Ich stelle meinen schwarzen SLK daneben und suche sie. Ich muss erst einen kleinen Wall hinaufklettern, dahinter sehe ich sie. Sie liegt auf einer Decke mit Karomuster. Standardausrüstung für jeden Camper, wahrscheinlich mit aluminiumbeschichteter Unterseite. Dabei ist es brüllend heiß, die Sonne brennt herab. Sie liegt im Schatten. Ich lockere meinen Schlips. Das hier ist der Feldherrenhügel und betrachte die Festung, die es zu erobern gilt. Im Grunde genommen hat sie aber schon klar zu verstehen gegeben, dass sie zur Kapitulation bereit ist: Sie ist völlig nackt.

Ich atme tief durch, der Anblick ist atemberaubend. Tiefrote Haare, als wallende Mähne auf dem Kopf und als feiner Streifen zwischen den Beinen, wie ein Wegweiser auf der hellen, fast weißen Haut. Nicht dieses ungesunde Weiß, als wenn man zu wenig Sonnenlicht bekommt, sondern eher der aufregende Kontrast, den Liedermacher als „Irish Skin" beschreiben. Doch, da sind noch zwei weitere, dunklere Flächen: Ihre Brustwarzen, die auf den beiden kecken Hügeln thronen, die sich knapp über ihren Rippenknochen erheben. Sie liegt da wie ein fleischgewordenes Pin-Up. Ich kann nicht anders: Die Uhr ist mir egal. Das Wesen dort will erobert werden, genommen, besiegt und unterworfen.

Little Wagner hat bereits Bereitschaft zum Angriff signalisiert, hat alle Reserven mobilisiert. Er drängt ins Freie. Ich entkleide mich vorsichtig, ich will den Anzug nicht noch mehr versauen. Erst, als ich völlig nackt bin, gehe ich zu ihr hinunter. Sie regt sich kaum, erweitert nur die Spreizung ihrer Beine ein wenig. Ich gehe auf die Knie, beuge mich vor und schieße die Festung mit meiner Zunge sturmreif.

Das geht nicht ohne Jammern und Wehklagen ab, aber die brummenden Motoren wenige Meter hinter uns überdecken ihre Lustschreie. Little Wagner ist fast ein bisschen dankbar, dass er nicht wieder die Hauptlast des Kampfes tragen muss, dennoch gibt er dem Feind den Todesstoß. Zweimal mehr fühle ich mich wie ausgesaugt.

Sehr viel später fahre ich mit einem stetigen Summen in den Eiern auf den Parkplatz vor der Kanzlei. Ich habe mit Sicherheit irreparable Schäden an meinem Fortpflanzungssystem, irgendetwas dort unten ist völlig überlastet. Im Kopf erweitere ich die Strichliste auf Acht: viermal bei der Postbotin, zweimal bei Shirley MacLaine, zweimal beim Rotfuchs. Ich glaube, auch mein Knochenmark schwindet bereits nachhaltig.

Ich schleiche mühsam die Treppe in den ersten Stock hoch, Ilona empfängt mit dem vorwurfvollsten Blick unserer Zusammenarbeit: Sie deutet mit dem Kinn hinter sich, auf den Warteraum, in dem seit mehr als zwei Stunden eine neue Klientin sitzt und reicht mir einen Aktenstapel. Ich hebe die Schultern und schüttele den Kopf, doch heute habe ich keine Gnade zu erwarten. Ilona liebt mich, ach was: Sie vergöttert mich und würde mich am liebsten zu ihrem Lebensgefährten machen seit sie weiß, dass ich wieder Single bin, aber das hier wird sie mir sie nicht so schnell verzeihen.

Sie ist ein resolutes Mädchen von Dreiunddreißig, ein bisschen fester als der Durchschnitt, aber nicht unattraktiv. Lange, glatte schwarze Haare, grüne Augen, eine weibliche, aber keinesfalls zu üppige Figur, dazu ein Gesicht wie ein Engel und ein Gemüt wie eine Raubtierdompteuse. Sie kleidet sich jeden Tag dezent und aufreizend zugleich, ich weiß: Sie will mich rumkriegen, doch bisher konnte ich ihrer allgegenwärtigen Versuchung widerstehen und nach den bisherigen Erlebnissen diese aberwitzigen Tages wird mir das erst recht gelingen. Was aber schwierig werden dürfte ist, dass sie mir meine Verspätung verzeiht.

Ihre Katzenaugen sind schmale Schlitze, sie mustert mich von oben bis unten. Ich will diesem sezierenden Blick entkommen, lächele gequält, werfe ihr die Aktentasche zu und beeile mich, meine neue Klientin aufzusuchen.

Da sitzt sie, Conchita Alvarez-Schmidt, wie ich aus den Akten erfahren habe. Eine Brasilianerin, die vor gar nicht so vielen Jahren einen Deutschen geheiratet hatte. Und diesen Irrtum heute gedenkt, rückgängig zu machen. Mrs. Alvarez ist nicht sehr groß, aber schlank und von der Natur mit mächtigen weiblichen Attributen gesegnet. Sie erhebt sich, als ich eintrete, dreht sich um zu mir, ihr Blick und ihre Körperhaltung ein einziger Vorwurf. Unter ihren dichten, dunklen Brauen glühen zwei schwarze Kohlen dort, wo andere Menschen Augen haben.

Ich hebe die Schultern, will die Verspätung erklären, aber bevor ich auch nur ein Wort sagen kann, packt sie mich am Schlips – dem einzigen Kleidungsstück, das nicht mit Sperma oder anderen Flüssigkeiten besudelt ist – reißt mich zu sich heran und atmet mir direkt ins Gesicht.

„Advogado Diavolo!"

Sie gurrt, doch ich ahne, dass sie nichts Nettes gesagt hat. Dann beißt sie mir in die Unterlippe und umklammert mich mit einem Bein. Sie trägt ein schwarzes Kostüm, das ihr viel zu viel Beinfreiheit lässt. Es dauert nur wenige Sekunden, bis ich in ihr stecke und einmal mehr an diesem Tag muss ich dafür büßen, dass ich nicht rechtzeitig und laut genug „Nein" sagen kann.

Sie hat mich auf einen Besprechungsstuhl gedrückt, ihren Slip beiseite gerückt und mich in sich aufgenommen. Sie hockt auf mir, die Füße auf dem Boden und reitet mich. So langsam gefalle ich mir in dieser Rolle nicht mehr. Sie kommt einmal, zweimal und zum dritten Mal, dann kann ich nicht anders als schon wieder abzuspritzen.

Frau Alvarez findet das offenbar inspirierend und wechselt die Stellung. Jetzt scheint sie beseelt von der Idee zu sein, mich oral befriedigen zu müssen, was ihr am Ende leider auch gelingt. Danach schreit mein gebeutelter Körper nach Erholung, es ist das zehnte Mal, dass ich abspritze an diesem Vormittag, der Unterdruck in meinen Eingeweiden signalisiert auf schmerzhafte Weise, dass langsam eine längere Pause vonnöten ist.

Mit dieser Klientin bespreche ich nichts mehr, sie geht, nachdem sie ihren Lippenstift nachgezogen und die langen, schwarzen Haare wieder in Form gebracht hat, wortlos mit einem Kopfnicken. Durch die Panzerglasscheibe sehe ich, wie sie mit Ilona einen neuen Termin verabredet und ich atme tief durch. Doch bevor ich die Hose wieder schließen kann, steht meine brave Assistentin in der Tür und nimmt den Anblick, der sich ihr bietet, in voller Länge wahr.

Sie entschließt sich spontan, die Gelegenheit zu nutzen.

Ich kann sie verstehen, sie wartet ja schon lange genug. Die drei Meter von der Tür bis zu dem Stuhl, auf dem ich immer noch liege, reichen ihr, um sich von ihrer Kleidung zu befreien. Dann kniet sie sich vor mich und hat die beste aller Ideen: Zunächst einmal befriedigt sie mich mit dem Mund. Das kann sie gut genug, um mich erneut zum Kommen zu bringen. Ich schreie um Hilfe. Anschließend setzt sie sich auf mich und reitet mich bis zur Erfüllung. Ich kann es kaum glauben, dass ich selbst jetzt noch einen gequälten Lusttropfen in ihr absetzen kann.

Ich brauche definitiv eine Auszeit. Zwei Kilometer von der Kanzlei entfernt gibt es ein nettes, kleines Restaurant, in das ich flüchte. Am Nebentisch sitzt eine zierliche Blondine, Kurzhaarschnitt, lächelt mich an.

Ich schüttele den Kopf und fliehe, aber sie folgt mir auf die Toilette, kniet vor mir nieder und lutscht einmal mehr etwas aus mir heraus, was gar nicht mehr da sein dürfte. Ich krümme mich vor Schmerzen am Boden. Inzwischen ist es ein Gefühl, als würden mir die Eingeweide herausgerissen werden.

Die Lady versteht das aber falsch und macht weiter, entledigt sich ihrer Kleidung und nimmt mich in allen erdenklichen Stellungen, auf dem Boden des Waschraumes. Ich kann nur froh sein, dass kein anderer Mann in dieser Zeit pinkeln muss, deshalb bleibt mir ein unschönes „Goin Public" erspart. Blondie ist längst verschwunden, als ich mich langsam wieder hochkämpfe. Ich werde heute nicht mehr arbeiten können.

Ilona ist sehr schweigsam, als ich ihr mitteile, dass ich nach Hause fahren werde. Vielleicht hatte sie gehofft, ich würde sie nun heiraten, aber es war der falsche Tag. Ich lege auf und fühle mich ein wenig befreit. 16:45 Uhr und Feierabend. Das hat es bisher nur selten gegeben. Ich fahre auf die Tankstelle, die auf dem Heimweg liegt und fülle wenigstens den SLK wieder auf. Bei mir selbst brennt der Verlust von jeder Menge Sperma. Es fühlt sich an wie ein schwarzes Loch da unten.

In der Wohnung ziehe ich mich um, Sportdress, packe meine Fitness-Tasche und fahre ins Studio. Heute habe ich endlos Zeit. Kann alles machen. Laufband, Muskeltraining, Sauna. Ich muss endlich regenerieren. Zwischen den Beinen zieht es gewaltig.

In der Sauna sitzen die beiden Friseurinnen. Ich kenne sie schon lange, hatte aber bisher keinen näheren Kontakt. Heute ist das nicht so. Nach wenigen Minuten bläst mir die eine den Schwanz, während ich mit der anderen herumknutsche. Es ist vertrackt. Ich komme nicht darum herum, beide nacheinander zu ficken. Und ich habe bei Beiden einen unverhinderbaren Erguss. Und jedes Mal fühlt sich wie ein kleiner Tod für mich an – jetzt verstehe ich diese Metapher endlich. Meine Lunge brennt, aber viel schlimmer ist das Gefühl, mich erneut völlig zu entleeren. Mein Schwanz schreit vor Schmerz und meine Eier ziehen sich zusammen, fast wie im Krampf. Ich taumele aus dem Fitness-Center, kann keinen klaren Gedanken mehr fassen.

Ich breche auf der Straße zusammen, es dauert viele Minuten, bis ich wieder atmen kann. Um mich herum nehme ich einige Jugendliche wahr, Kids, die nicht wissen, was sie mit ihrem Leben anfangen sollen, die haben auch Mädchen dabei und finden es spaßig, ihre Begleiterinnen an vermeintlich Bedürftige zu verkaufen. Na, jedenfalls haben die mir zwei Hunderter abgenommen und dafür gesorgt, dass sich zwei gar nicht so übel aussehende Siebzehnjährige so lange um mich gekümmert haben, bis ich schon wieder gekommen war, was ich zu diesem Zeitpunkt weder wollte noch konnte.

Ich lag zwischen Mülltonnen, während die beiden Lolitas all ihre Künste darauf verwendet hatten, mir einen Abgang zu verschaffen. Mr. Little Wagner konnte nicht aus seiner Haut und ich habe wieder gelitten.

Es war schon dunkel, als ich mich zu meinem SLK geschleppt habe, nur den Gedanken an das heimische Bett im Sinn. Alles tat weh, alles brannte. Ich kam glücklich zuhause an und fuhr in die Tiefgarage. Da stand Shirley MacLaine vor mir. Wieder ohne Hund, aber mit klaren Absichten. Hat mich auf dem schmutzigen Asphalt durchgefickt und ist dann in ihrer Wohnung verschwunden. Mein Schwanz war wund und meine Eier waren mehr als leer. Dennoch: Diese ruchlose Frau hat sich an mir bedient.

Ich bin dann geflohen. In diese kleine, intime Bar. Da traf ich Angie und ihre Freundin Mel. Beide waren keck und aufgeschlossen und wir landeten zu Dritt im Bett (in Angies Apartment).

Ich glaube, vier Stunden lang probierten wir alles aus, was in dieser Konstellation geht. Danach war ich so leer gepumpt, dass ich einschlief.

Als ich in meinem Bett erwachte, hatte ich einen mächtigen Ständer. Ich weiß nicht, ob Sie diese Art Träume kennen, die man kurz vor dem Aufwachen hat und die einem dann so gegenwärtig sind, als wenn es sich dabei um tatsächliche Erlebnisse gehandelt hat. Wenn solche Träume dann noch etwas Sexuelles enthalten, ist man beim Aufwachen hochgradig erregt. Bei mir äußert sich das in einem quälend harten Ständer, Frauen sind dagegen gewiss äußerst feucht bis nass – das nehme ich jedenfalls an.

Der Nachteil an einer solch hartnäckigen Morgenlatte ist, dass sie beinahe schmerzt. So pralle und konzentrierte Lust wagt man kaum zu berühren, man hat Angst, dass irgendetwas platzen könnte, sobald man Hand anlegt. Also, mir geht es jedenfalls so. Ich liege dann lieber mit geschlossenen Augen da, versuche, mich mit einer Atemtechnik aus dem Yoga zu beruhigen und warte ab, bis sich das Blut wieder etwas besser verteilt, bevor ich aufstehe ...

Schlechte Erotik

„Nein, nein, nein!"

Der Cheflektor des Verlages ließ den Papierstapel auf den Tisch knallen. Dann lehnte er sich in seinem Ledersessel zurück, holte Luft, beugte sich wieder vor und schlug wahllos eine Seite auf. Der Autor drückte sich in den Besucherstuhl: Es war Schlachtzeit, ganz offensichtlich.

„So einen Scheiß liest kein Mensch. Hier: ‚Er rammte seinen steifen Prügel mit Wollust in sie hinein.' – Übrigens: Wolllust schreibt man neuerdings mit drei L. Und von einem steifen Prügel hat man schon millionenfach gelesen. Und dass der ‚in sie hineinerammt' wird, ist irgendwie die langweiligste Sache der Welt. Das kauft niemand. Nein, lieber Wagner, das kaufen auch wir nicht."

An dieser Stelle hätte der Cheflektor die zwei Pfund Papier kommentarlos zurückgeben können, hätte die Schultern zucken, den Verurteilten gedemütigt entlassen und sich anderen Großtaten zuwenden können. Stattdessen blätterte er in den Seiten hin und her, blieb hängen und zitierte mit schlecht unterdrückter Häme:

„Oder hier: ‚Ihre üppigen Brüste schwangen vor seinen Augen hin und her'. Mensch, Wagner, was für eine Scheiße! Überall nur ‚üppige Brüste'? Fällt Euch Porno-Schreibern nie was anderes ein? Und noch besser: ‚Ihre feuchte Spalte tropfte schon vor Geilheit.' Das kann ein Textgenerator ja besser! Glaubst Du, dass es auf diesem Planeten auch nur einen einzigen klar denkenden Menschen gibt, der so einen Mist lesen will?"

Es war eine rhetorische Frage, aber der Lektor ließ sie ausdauernd und beunruhigend lang im Raum hängen. Der Autor sank in seinem harten, ungepolsterten Stuhl zusammen. Von diesem Anblick sichtlich inspiriert, blätterte der Lektor weiter.

„Das hier: ‚Sie blies seinen Schwanz mit Hingabe'. Mein Gott, Wagner. Das ist das Niveau einer Zwölfjährigen!"

Der Autor hob vorsichtig die Hand.

„Fifty Shades of Grey ist ebenfalls auf dem Niveau einer Zwölf…"

Der Lektor wischte den Einwand mit einer unwilligen Handbewegung weg.

„Papperlapapp. Komm mir nicht mit so einem Mist. Wir alle wissen, dass dieses Machwerk Glück hatte, dass an seinem Erfolg nie und nimmer so etwas wie Stil oder Sprachbeherrschung Schuld gewesen ist. Das ist die Dekaden-SM-Story, die dieses Mal einfach Glück hatte. Die Leute lesen eben nicht mehr so gern, sie brauchen eine schnelle Geschichte. Eine simple und dumme Geschichte, die zudem unglaubwürdig ist. Und was machst Du?"

Er schlug erneut einige Seiten um.

„Hier: ‚Syriah nahm seinen harten Schwanz in den Mund'. Mann, Wagner. Schon allein dieser Name: ‚Syriah'! Viel zu exotisch, viel zu anspruchsvoll. Nenn sie Tina oder Uschi oder Kimberly. Und dann ist da schon wieder der unvermeidliche ‚harte Schwanz'. Und eins der Standard-Löcher: Mund, Votze, Arsch. Mensch, fällt euch den nix Besseres ein? Mal was Neues? Grad jetzt, wo Fifty Shades of Grey den Markt geöffnet hat?"

„Ja, wo soll sie denn noch reingefickt werden? In die Nasenlöcher?"

Der Autor war am Ende seiner Geduld, doch der Lektor beugte sich vor. Er hob die rechte Hand und schnippte mit den Fingern.

„Mensch, genau! Super, Wagner, siehst Du, Du kannst doch, wenn Du willst! Da mach mal was draus! Das ist der Weg."

Der Autor schüttelte den Kopf und seufzte. Dann beugte er sich vor und blätterte selbst in seinem Papierstapel. Endlich fand er die Stelle, die er gesucht hatte und drehte den Text zu dem Lektor hin. Der las halblaut.

„Sie formte Daumen und Zeigefinger zu einem Wichsloch, in das der harte Schwanz hineinstieß. Es dauerte eine Weile, bis sie die passende Größe, den richtigen Druck gefunden hatte, dann aber ging es schnell: Er fickte diese künstlich geschaffene Votze mit einer Inbrunst, die sie überraschte, und schon bald kam er und ergoss sich mit deftigen Spritzern über ihr Kinn und ihre Brust. Sie leckte sich über die Lippen..."

Der Lektor hob die Schultern.

„Ja ja, nicht ganz schlecht, lieber Wagner. Aber zu harmlos, zu unexotisch. Die Nasenlöcher gefallen mir besser. Schreib die Szene mal um, wir schauen uns an, wie es dann wirkt. Ach, und lass den Mann die Frau irgendwie fesseln, da stehen grad alle drauf. Capice?"

Der Autor nickte und schlug eine andere Seite auf. Er deutete auf eine Textstelle und lehnte sich zurück. Der Lektor kniff die Augen zusammen und studierte den Ausdruck.

„John fixierte Syriahs Handgelenke über ihrem Kopf und sorgte mit einer Spreizstange dafür, dass sie ihre Schenkel nicht mehr schließen konnte. Sie stand nun – hilflos ausgeliefert – mitten im Raum. Das war der Augenblick, in dem John seine drei Freunde hereinbat. Syriah erschauerte. Was sollte das? Was hatte John vor?"

Der Lektor wog den Kopf hin und her.

„Ach, Wagner. Eine recht nette Idee. Aber die zieht nicht mehr, die Welt ist anspruchsvoller geworden. John, Syriah, drei Freunde. Mein Gott, das ist fad wie der Kaugummi von gestern, der Geschmack ist weg und es klebt nicht mal mehr. Du musst da mal subtiler werden. Denk an die Nasenlöcher, das ist ein möglicher Weg."

Der Angesprochene räusperte sich, zog das Manuskript zu sich heran, blätterte darin und hielt dem Lektor erneut eine Seite hin. Dieser nickte lächelnd und las.

„Serena stöhnte auf, als sein mächtiger Schwengel in ihren Anus glitt. So hatte sie es sich insgeheim gewünscht: Fast zerrissen zu werden von diesem süßen Schmerz, einen Schwanz in sich wüten zu spüren und gleichzeitig diese Geilheit, dieses Gefühl, wie ein Opfer aufgespießt dazuhocken. Gehorsam öffnete sie den Mund und nahm Johns Penis in den Mund, während Gerome sie in den

Arsch fickte. Sie fühlte sich wie im siebten Himmel und wartete sehnlich darauf, das Sperma der beiden Männer zu empfangen."

Der Lektor blickte auf und schüttelte den Kopf.

„Das soll subtil sein, Wagner? Das ist trivial. So was finden nur Männer gut, und zwar genau die Kategorie, die kein Geld für so einen Text ausgeben will. Da mach Dir mal Gedanken drüber. Schreib besser was Anspruchsvolles!"

Wieder schlug der Autor eine andere Seite auf und schob sie über den Tisch. Von seinem Gegenüber ertönte zunächst ein leises Lachen, dann die gemurmelten Worte:

„Sie stand an dem Kreuz, gebunden und völlig nackt. Ihre Arme und Beine waren fest fixiert und John, Jerome und Hank standen vor ihr, alle hatten ein Schlagwerkzeug aus Leder in der Hand. Sie schienen um die Reihenfolge zu streiten, in der sie Serena züchtigen durften. Syriah kniete zu ihren Füßen, bereit, jedem der drei willig zur Verfügung zu stehen. Sie wusste, wie die Männer eine Verweigerung bestrafen würden: Nach vielen harten Schlägen würde sie statt Serena an diesem Kreuz landen! Also leckte sie hier und blies dort, so, wie es ihren Peinigern gerade einfiel. Sie erkaufte sich Schutz durch Unterwerfung und fand Gefallen an diesem uralten Spiel.

Serena hingegen hatte sich längst schuldig gemacht und würde nun erzogen werden. Zunächst ließ John seine Reitgerte mit einem harten Schnalzen auf ihre Brüste niedersausen, was einen Aufschrei nach sich zog. Jerome trat zu ihr, ergriff ihr langes, schwarzes Haar, wickelte es sich um seine Hand und riss ihren Kopf zu sich heran. Sie keuchte und er flüsterte ihr ins Ohr: ‚Sei jetzt ganz still! Jeder Laut wird bestraft!'

Serena nickte zwar, doch als Jerome ihr unvermittelt zwischen die Beine griff, konnte sie ein Stöhnen nicht unterdrücken. Ihr Peiniger kniff die Augen zusammen und zog fester an ihren Haaren. ‚Das war ein Laut, jetzt wirst Du büßen.'

Der Klang seiner Stimme ließ sie erschauern, dann zog er ihren Kopf in den Nacken und begann, sie zu schlagen. Fest, rhythmisch, hart und gezielt. Sie hielt ihren Mund geschlossen, obwohl sie bei jedem Hieb aufschreien wollte. Jerome aber prügelte sie durch, bis sie kauernd, aber stumm in den Fesseln hing. Sie presste die Lippen zusammen und blickte Jerome lüstern und herausfordernd an – sie würde sich holen, wonach ihr der Sinn stand."

Der Lektor reckte sich und rieb sich die Augen.

„Ach, Wagner, was soll ich sagen, ist ja alles ganz nett, wenngleich auch noch unausgereift. Ich behalte das mal hier. Ich melde mich dann bei Dir."

Auf einmal hatte er es eilig, der gute Mann. Eilig, allein zu sein mit diesem Text und den Bildern, die er in seinem Kopf auslöste. Der Autor verabschiedete sich höflich. Im Treppenhaus sah er sich um. Sollte er sich tatsächlich eine Geschichte ausdenken, in der Nasenlöcher eine Rolle spielten?

Er hob die Schultern und stieg die Treppe hinab. Als er das Verlagsgebäude verließ, schien die Sonne. Drüben, auf der anderen Straßenseite, saß eine nicht unansehnliche Frau allein an einem Tisch vor dem Café, etwas zu luftig gekleidet und etwas zu auffällig geschminkt. Er schaute nach rechts und nach links, überquerte die Straße und nahm am Tisch neben ihr Platz. Nachdenklich betrachtete er ihre Nase, schüttelte dann aber den Kopf.

„Was soll das? Wenn ich ihnen nicht gefalle, könnten sie das bitte etwas unauffälliger zum Ausdruck bringen!"

Ihre Stimme klang frostig, aber es schwang jener gewisse Unterton darin mit, der dem Autor von anderen Recherchen wohlbekannt war. Er verbeugte sich kurz und setzte sein freundlichstes Lächeln auf.

„Entschuldigen Sie, Werteste, Sie haben meine Geste offenbar völlig missverstanden: Ich hatte mir bei ihrem Anblick soeben die Frage gestellt, ob jemand wie ich auch nur die Spur einer Chance hätte, mit einer so attraktiven Frau ins Gespräch zu kommen – und dies unwillkürlich verneint."

Ihre Züge hellten sich auf und sie fuhr sich durch ihr langes, schwarzes Haar, das hervorragend mit ihrem rassigen Teint und ihren dunklen Augen harmonierte. Sie blickte schüchtern zu Boden, und als sie den Autor wieder ansah, strahlte sie.

„Aber, aber, mein Lieber: Natürlich haben Sie eine Chance! So charmant, so eloquent! Möchten Sie sich zu mir setzen und mir einen Cappuccino spendieren?"

Sie klang hochgradig läufig und deutete mit einer ausladenden Handbewegung auf den freien Stuhl neben sich. Der Autor sah hinauf zu dem Fenster in dem grauen Verlagsgebäude, hinter dem der Cheflektor bei verschlossener Tür im Moment über seinen Texten schwitzen mochte, erhob sich dann, trat auf die exotische Schönheit zu. Dann ergriff er ihre Hand, um diese leicht und routiniert zu küssen, was bei ihr einen leisen Schauer und ein stilles Kichern auslöste, anschließend rückte er sich den Stuhl zurecht und nahm neben ihr Platz, sehr viel näher, als es für einen Fremden statthaft war. Sie begann, mit einer ihrer Haarsträhnen zu spielen und beugte sich vor.

„Was machen sie beruflich, wenn ich fragen darf? Ich habe sie aus dem Verlagsgebäude kommen sehen…"

Ihre Stimme war leiser geworden und um einige Nuancen herabgesunken, es klang mehr wie ein vertrauliches Raunen als ein normales Sprechen. Der Autor spürte eine eindeutige Regung in der unteren Etage und nahm nochmals die Nase der Dunkelhaarigen in Augenschein: edel geschwungen, schmal und lang. Endlich nickte er.

„Ich schreibe."

Sie kam noch näher und eine ihrer Hände landete sanft, aber bestimmt auf seinem rechten Oberschenkel, gefährlich nah an der Stelle, die sich gerade kaum übersehbar aufzubeulen begann.

„Faszinierend! Worüber?"

Er schloss kurz die Augen. Gut, er würde diese Gelegenheit wahrnehmen, um gleich vor Ort zu recherchieren – auch wenn er keinerlei praktische Vorstellung über die Nutzung von Nasenlöchern als Penetrationsöffnung hatte.

Aber was tat man nicht alles, um gute Erotik zu schreiben?

28

Dirty Talk

Die beste Ehefrau von allen sah von ihrem Tablet auf.

„Hier schreiben sie einen recht netten Artikel über Dirty Talk, Schatz."

Ihr geliebter Mann blieb hinter der unüberwindlichen Barriere verschwunden, den die komplett ausgebreitete Tageszeitung bildete. Ein langgezogenes, aber eindeutig abwesendes „Mhmmm?" mit aufsteigender Melodie ertönte aus den Tiefen seines Halses, mehr geschah aber nicht.

Sie schüttelte den Kopf. „Neandertaler." Das Wort, das ihr spontan durch das linke, hintere Sprachzentrum flitzte, aber seinen Weg nicht nach draußen fand, verursachte ein nachsichtiges Lächeln, das aber ebenfalls kaum weiter als bis zu ihren Mundwinkeln vordrang. Sie nahm einen Schluck Tee und atmete ohne jedes Geräusch ein.

„Sex."

Es war wie ein Experiment: Sie sprach das Wort in normaler Lautstärke und ohne besondere Betonung aus. Die papierne Wand brach im Bruchteil einer Sekunde zusammen und die aufmerksamen, wachen Augen ihres Mannes blickten sie an.

„Was? Ja?"

Sie schüttelte den Kopf und hob ihr Tablet.

„Hier. Da ist ein interessanter Artikel über Dirty Talk."

„Aha?"

Er schien immer noch nicht ganz bei ihr zu sein.

„Dirty Talk?"

Sie holte wieder tief Luft, diesmal etwas geräuschvoller.

„Ja, Dirty Talk, wie ich bereits sagte."

Er grinste und nickte.

„Aha... äh, und worum geht es?"

Bevor sie ihr Gesicht deutlich sichtbar verziehen konnte – die Mikrosignale waren ihm offenbar keineswegs entgangen – beeilte er sich, fortzufahren und die Frage zu präzisieren.

„Ah, ich meine: Interessant, ja! Was, was genau sagen sie denn, die... Dings? Also, ich meine: Wer hat denn darüber geschrieben?"

Jetzt war sie sich seiner vollständigen Aufmerksamkeit sicher und nahm einen weiteren Schluck Tee, bevor sie antwortete.

„Nun, es soll die Beziehung anregen."

Er nickte schnell, zu schnell, wie sie fand. Viel zu schnell. Und sagte nichts weiter, wie so oft. Ihr wurde bewusst, dass sie das Tempo etwas drosseln musste.

„Schatz, hör genau zu, ja?"

Er nickte weiter, mit einem überzeugenden Gesichtsausdruck und einem Blick, dem man einfach glauben musste. Sie presste die Lippen aufeinander und kniff die Augen leicht zusammen.

„Du weißt, was Dirty Talk ist, Schatz?"

Er nickte. Eigentlich hatte er mit dem Nicken nicht aufgehört, seit die Zeitung gesenkt worden war. Sie sah ihn abwartend an, es geschah aber nichts. Irgendwann konnte sie nicht länger warten.

„Ja, und?"

Diesen Unterton in ihrer Stimme kannte er. Er holte tief Luft und beeilte sich, ihr endlich zu antworten.

„Na, schmutzig Reden. Sexuell eben. Also, Dinge sagen, nicht umschreiben. Sie beim Namen nennen."

Wieder nickte er, lächelnd. Er hatte ja die richtige Antwort gegeben, aus seiner Sicht. Sie neigte den Kopf ein klein wenig zur Seite.

„Ah ja, und wie genau? Hast Du ein Beispiel?"

Er richtete sich auf und hob die Schultern.

„Na aber klar! Bei Dirty Talk sagt man nicht ‚er hat mit ihr geschlafen' sondern ‚er hat sie gefickt'"

Grinsend rieb er sich die Hände, fast schon bereit, wieder die Zeitung zu ergreifen. Sie schüttelte sanft den Kopf.

„Nein, Schatz, da liegst Du ein wenig falsch. Echter Dirty Talk würde eher so klingen: ‚Fick mich!'."

Bei den letzten beiden Worten sank ihre Stimme um eine halbe Oktave tiefer und wurde deutlich leiser. Er schluckte und sah sie zweifelnd an.

„Äh, ja. So meine ich es ja. Das wäre… ja, Dirty Talk."

Sie fuhr sich mit der Zunge über die Lippen, ließ ihre Augenlider herabsinken und beugte sich ein wenig vor.

„Oder: ‚Fick mich in meinen kleinen, engen Arsch'."

Jetzt presste er die Zähne seines Oberkiefers auf die Unterlippe und schwankte zwischen Grinsen und trocken Schlucken. Er brachte kein Wort zustande, sondern nur einen undefinierbaren Grunzlaut.

Sie dagegen lehnte sich zurück, spreizte ein wenig ihre Beine und ließ eine Hand unter dem Frühstückstisch verschwinden.

„Auch: ‚Stoß Deinen Schwanz in meine triefende Spalte' wäre echter Dirty Talk, oder nicht?"

Er hustete, nickend natürlich. Sein leicht geöffneter Mund sah dabei etwas dämlich aus, fand sie, doch sie konnte sich nicht entschließen, jetzt schon aufzuhören.

„Ich bin doch eine verdorbene Schlampe, oder eher eine Nutte?"

Er schüttelte den Kopf, doch die Bewegung ging erneut in ein Nicken über. Dann krächzte er kurz und winkte ab. Sie zwinkerte ihm zu.

„Sag doch auch mal was, Schatz. Wie würde Dirty Talk aus deinem Mund klingen?"

Er blickte an die Decke, sichtlich bemüht, sich schnell etwas einfallen zu lassen, dann nahm er allen Mut zusammen, beugte sich ebenfalls über den Tisch und bemühte sich, seiner Stimme einen verruchten Klang zu geben.

„Du nimmst jeden Schwanz in den Mund."

Sie senkte den Blick, damit er ihre Erheiterung nicht sah. Sie strengte sich an, ernst zu bleiben.

„Aha?"

„Also, Du bist eine verdammte Schwanzlutscherin. Dir könnte man zwanzig Kerle präsentieren, Du würdest jedem mit Lust die Eichel leer saugen."

Sie schloss die Augen: Die Entwicklung begann ihr Spaß zu machen. Sicher, er klang noch nicht wirklich überzeugend. Seine Stimme zitterte und das ging auf Kosten der Glaubwürdigkeit. Aber er hatte sich etwas getraut, also wollte sie ihn nicht entmutigen. Sie ließ ein Seufzen in ihre nächsten Worte einfließen.

„Ähm, blase ich denen nur einen oder passiert da mehr?"

„Klar passiert da mehr: Du lässt Dich von allen ficken, nacheinander!"

Sie lächelte. Er schien in Fahrt zu kommen.

„Auch gleichzeitig! Du öffnest ihnen all Deine Löcher und lässt sie von den harten Schwengeln gleichzeitig vollsamen!"

Sie ließ, unbemerkt von ihrem geliebten Ehemann, ihren rechten Mittelfinger zwischen ihre Beine wandern und nickte aufmunternd.

„Äh, wie eine läufige Hündin. Wenn einer Dich genommen hat, bietest Du Dich dem nächsten an, weil Du geile, pralle Schwänze liebst. Überall in Dir und an Dir."

Langsam entstanden Bilder in ihrem Kopf, in Farbe und 3D. Seine Worte wurden zu einem Summen im Hintergrund, aus dem nur die wesentlichen Fragmente hervorstachen.

„... in Deine feuchte Spalte... leckst doch jeden Schwanz... bist ein rolliges, williges Weibchen... besonders gern in den Arsch... am liebsten zwei gleichzeitig... vor allem die großen... Sperma ins Gesicht... fremde Männer... einer vorn, einer hinten... einer nach dem anderen...tief und fest... kräftig ficken lassen..."

Sie juchzte auf und gab dann einen wohligen, langgezogenen Laut von sich.

„Ja, das ist glaube ich echter Dirty Talk."

Sie klang etwas atemlos und wischte sich die Finger an dem weichen Frottee-Bademantel ab. Dann nahm sie einen Schluck Tee. Ihr geliebter Ehemann sah sie aus engen Augenschlitzen an.

„Meinst Du? Ich meine, dachtest Du an so was?"

Sie nickte mit ernstem Gesicht.

„Ja ja. Sie schreiben hier, das würde Lust verschaffen. Interessant, nicht?"

Er hob die Schultern und klatschte in die Hände, bevor er nach der Zeitung griff.

„Ja klar. Ist schon möglich. Also, ich hab tatsächlich einen Ständer von all dem Gequatsche."

Er räusperte sich und widmete sich wieder seiner Morgenlektüre.

Die beste Ehefrau von allen dagegen atmete tief durch und wandte sich dem Artikel auf ihrem Tablet zu. Selbstbewusst und grinsend klickte sie „gefällt mir" an und anschließend „teilen". Sie nahm all ihre Freundinnen in die Liste auf.

Das Waldhotel

Nicht mehr lange und ich habe auch diese Strecke geschafft: 628 Kilometer Autobahn, an einem Sonntag im August. Immerhin: Die meisten Leute sind in den Ferien, weit weg, das bedeutet weniger Verkehr. Immerhin: Es ist Sonntag, es sind kaum LKWs unterwegs. Trotzdem ist so eine Strecke an einem Stück wie ein ganzer Arbeitstag. In meinem Alter zumindest – und bei dieser sengenden Hitze, gegen die die Klimaanlage kaum ankommt. Laut Navi fehlen mir noch sechzehn Kilometer bis zu meinem Ziel.

Ich besuche einen neuen Kunden und somit ist es ein neues Hotel, eines, das ich nicht kenne. Mit etwas Glück gibt es dort einen Wellness-Bereich, ich habe leider verpasst, mich vorher im Internet zu informieren. Ich sehe auf die Uhr: 19:38. Voraussichtliche Ankunftszeit: 19:52. Ich zähle inzwischen die Minuten, denn ich sehne mich nach Ruhe und Entspannung. Irgendwie muss ich mich nachher von den Anstrengungen der langen Fahrt erholen – drei Notbremsungen, sonntags schleichen die Tagesausflügler auf der linken Spur, oft genug durch irgendwelche Umstände verunsichert, die ich gar nicht mehr wahrnehme, daher habe ich mehrmals mit „Linksklebern" Ärger gehabt, weil ich sie rechts überholt habe. Die Folge waren Lichthupen, Drohgebärden und gestreckte Mittelfinger. Das schlägt auf Dauer aufs Gemüt, da käme mir eine kleine, aber feine Sauna gerade recht. Es geht mir nicht so sehr ums Schwitzen – es ist ja heiß genug an diesem Augustabend – sondern mehr um die Erholung, die Ruhe, die ich jetzt bitter nötig habe.

19:42 Uhr und noch sieben Kilometer. Dann kommt die Anweisung der elektronischen Frauenstimme, die Bundesstraße zu verlassen. Ich bremse und schaue mich um: Das ist keine Straße, das ist allenfalls ein besserer Waldweg! Zum Glück ist niemand hinter mir, ich biege ab und fahre Rechts ran. Da kann etwas nicht stimmen. Ich zoome die Karte raus, doch optisch passt alles: Das Ziel liegt mitten in einem grünen Fleck und soll noch 6,7 Kilometer entfernt sein. Voraussichtliche Ankunftszeit: 19:54 Uhr. Also fahre ich wieder an, langsam, denn die Buckelpiste, die zunächst am Waldrand entlangführt, ist nicht breit genug für zwei PKW. Wie soll man hier auf Gegenverkehr reagieren?

Nach etwas über fünfhundert Metern dann eine Ausweichbucht, die mich beruhigt. Als der Reststreckenzähler auf 4,9 Kilometer steht, windet sich der asphaltierte Feldweg vollends in den Wald hinein, nun stehen Bäume auf beiden Seiten, so weit das Auge reicht. Ich werde noch langsamer: Ich muss auf meine Stoßdämpfer Rücksicht nehmen. Die Strecke zieht sich. Endlich eine lange Rechtskurve, dann kommt das Hotel in mein Blickfeld. Aus der Ferne sieht es gar nicht so schlimm aus, wie es die Umgebung vermuten lässt – es scheint ein gemütliches, altes Fachwerkhaus zu sein, heimelig schmiegt es sich zwischen die dichten Bäume und Sträucher.

Als ich näher komme, beginne ich aber zu zweifeln: Der „Parkplatz" ist eine geschotterte Lichtung, doch was soll's? Ich bin hier für die nächsten drei Nächte gebucht und mein Kunde wird wissen, was er tut. Ich komme zum Stehen, stelle den Motor ab, steige aus: Die Luft ist frisch und vital, es kreischt, trällert und fiept aus allen Richtungen und die drückende Hitze ist hier unter den Bäumen ebenfalls besser zu ertragen.

Ich blicke zum Gebäude hinüber und bemühe mich um Zuversicht: Das Haus hat Charakter, sicher, aber ich erkenne auch den fortschreitenden Verfall. Ob es hier eine Sauna gibt?

Die vordere Tür hat zwei Flügel, nichts geht automatisch und ich muss Kraft aufwenden, um sie zu öffnen. Ich schiebe mich, meinen Koffer und die zwei Taschen in den engen Gang, der zum Tresen führt. Die Luft steht in dem alten Haus. Irgendwo aus dem Dunkel des weitläufigen Gebäudes dringen Geräuschfetzen an mein Ohr, die mir wie ein weibliches Kreischen erscheinen wollen, aber da draußen auf dem so genannten Parkplatz steht nur mein Wagen – also unwahrscheinlich, dass es einen Haufen Gäste geben könnte, der da ungeniert feiert – eher wird es ein Scharnier sein, das lange nicht geölt wurde.

Am verwaisten Empfangstresen steht das gewohnte Schild. Wer will in dieser Abgeschiedenheit auch mehr Personal als nötig einsetzen? Immerhin sollten Restaurant und Küche besetzt sein, das war eine Bedingung, die ich mit dem Kunden im Vorfeld geklärt hatte: Nach 628 Kilometern darf es durchaus warmes Essen sein, und zwar in genau dem Haus, in dem ich auch nächtigen werde.

Ich schlage auf die Klingel, so wie es das abgewetzte Messing-Schild empfiehlt und das heisere „Pling" hallt durch das Gemäuer. Tatsächlich muss ich nicht lange warten: Aus dem Dunkel des Ganges schält sich ein Schatten, die Zwischentür wird aufgeworfen und ein großer, bulliger Mann in der Berufskleidung eines Metzgers walzt zum Tresen. Ich warte auf irgendeine Art von Begrüßung, werde aber enttäuscht. Er sieht mich beinahe böse an, vielleicht sind es aber auch nur seine äußerst dichten, schwarzen Augenbrauen, die diesen Eindruck erwecken. Er lässt sich keuchend hinter dem Tresen nieder, wischt sich einen Schweißtropfen von der Stirn, schlägt eine Kladde auf und bellt mir das Wort „Name?" entgegen.

Ich atme durch. Gut, das blonde, attraktive und sehr gut geschulte Mädchen, das üblicherweise diese Arbeit macht, hat gerade etwas anderes zu tun oder sich bei dem wunderbaren Sommerwetter frei genommen, und so empfängt mich ausnahmsweise der Küchenbulle. Mit etwas Pech ist er sogar der Inhaber des Hotels, so gebärdet er sich jedenfalls. Nun, einmal werde ich das sicher ertragen. „Stein" sage ich.

Er runzelt die Stirn, blättert hektisch in diesem Anachronismus von einem Terminplaner herum, schüttelt den Kopf und schlägt am Ende die flache Hand auf die Seiten, dass ich beinahe vor Schreck zusammenfahre. Seine Stimme ist ein einziger Vorwurf. „Hab ich hier nicht."

„Sehen sie mal unter Wagner nach..." Ich kenne das ja: Da wird am Telefon reserviert, Vor- und Nachname vertauscht...

„Ach, warum sagen sie das nicht gleich?" Seine Stimme ist seltsam versöhnlich geworden, beinahe weich. Nicht, dass mich das beruhigt: Der ganze Kerl hat eine physische Präsenz, die einem Angst machen kann. Mit diesem angestrengt milden Tonfall wirkt er gefährlicher als vorher. Er händigt mir den Schlüssel aus, lässt mich die Anmeldung unterschreiben, erklärt mir die Sache mit dem WLAN, den Frühstückszeiten und deutet auf den Gang, aus dem er gekommen ist. „Wann kommen sie Essen? Nur wegen der nötigen Vorbereitungen!"

Ich kann nicht anders, ich schließe die Augen und atme. Ein, aus, ein, aus. Sieben Mal, sehr ruhig. Dann blicke ich ihn an und bemühe mich um ein Lächeln. „In fünfzehn Minuten. Wo ist das Restaurant?"

„Hinten!" Er deutet mit dem Daumen über seinen Rücken. Dann fährt er hoch, dreht sich wortlos um und schiebt sich auf die Zwischentür zu. Bevor er durch diese verschwindet wendet er sich zu mir, fixiert mich eindringlich. „Aber nicht verspäten!"

Nein, ich würde es nicht wagen. Jetzt nicht mehr. Ich weiß aber nicht, ob ich mich auf das Essen freuen soll. Und ich habe glatt vergessen zu fragen, ob es in diesem Haus eine Sauna gibt.

~

Exakt siebzehn Minuten später bin ich im Restaurant der einzige Gast. Es ist nur ein Tisch eingedeckt, immerhin mit zwei Bestecken – echtes Silber, vermute ich – und einer Batterie an Gläsern. Das Aroma im Raum kündet davon, dass hier Nichts in altem Öl gesotten oder sonst ein Frevel an guten Nahrungsmitteln begangen wird.

Ich entspanne mich ein wenig, als ich eine Bewegung in meinen Augenwinkeln wahrnehme: die Bedienung. Blond. Gut gewachsen, nicht mehr die Jüngste, aber ein adrettes Gesichtchen. Die hätte mich eigentlich einchecken sollen, dann wäre meine Ankunft hier etwas freudvoller verlaufen. Aber jetzt ist sie ja für mich da.

Ich sehe hinauf zu ihr, sie scheint sich mühsam zu beherrschen. Die Augen sind rotgerändert, durch ihr dezentes Make-Up laufen schlecht verwischte Schlieren über beide Wangen: Das müssen Tränen gewesen sein, und die sind nicht lange her. Sie presst die Lippen zusammen und bemüht sich um ein Lächeln, als sie mir die Karte reicht. „Darf es schon etwas zu Trinken sein? Ein Aperitif vielleicht?"

Sie spricht leise und ihre Stimme zittert etwas. Ich blicke an ihr hinab: Ihre Kleidung kommt mir derangiert vor. In dem glatten, schwarzen Rock, der knapp über den Knien endet, der weißen Seidenbluse, den schwarzen Nylons und flachen Pumps derselben Farbe wirkt sie mehr wie die Managerin des Hotels als wie eine Servierkraft, dennoch, etwas stimmt nicht an dem Outfit: Die äußerst leichte Bluse sitzt schief und der Rock beult an der Seite etwas aus. Der Anblick wirkt, als habe jemand vor Kurzem versucht, ihr die Kleidung vom Leib zu reißen und sie hatte bis jetzt keine Zeit, sich wieder anständig herzurichten.

Ich muss unwillkürlich an den Küchenbullen denken und wage mir nicht vorzustellen, dass dieses Tier von einem Mann grob mit der zierlichen, nicht unansehnlichen Blondine umgegangen ist. Vor allem jetzt, da mir auffällt, dass sie unter der dünnen Bluse keinen BH trägt. Ihre Brüste wirken wie weich gezeichnet, es sind kaum die Konturen zu erkennen und doch weckt dieser Anblick so etwas wie Zuneigung in mir. Sie räuspert sich und tritt einen Schritt zurück. „Ein Campari-Orange vielleicht, nach der langen Fahrt?"

Ich fühle mich ertappt und versuche ein Lächeln. „Ja, eine gute Idee."

Sie deutet eine Verbeugung an, nur mit dem Kopf, aber selbst diese knappe Bewegung löst in mir ein Gefühl der Sympathie für das zierliche Wesen aus. Ich sehe ihr so lange hinterher, bis sie hinter der Bar aus meinem Blickfeld verschwindet. Kurz darauf dröhnt eine schlecht gelaunte Männerstimme aus der Küche: „Was dauert da so lange, verdammt?"

Ich meine, ebenfalls das Wort „Miststück" zu hören, aber ich kann mich auch täuschen. Ich weiß nicht recht, was ich tun soll: Diese befremdliche Situation einfach verlassen? Aber soll ich jetzt noch in die anbrechende Nacht hinein auf eigene Faust ein anderes Hotel suchen? Und dann die Diskussionen mit dem Kunden am nächsten Tag? Nach einigem Grübeln beschließe ich, zu bleiben.

Wenig später kommt sie, ein Tablett balancierend, zurück an den Tisch. Sie ist zweifelsfrei ein Profi: Serviert von rechts, elegant und schwungvoll. Der Campari steht vor mir auf dem Tisch, leuchtet beinahe hellrot. Ich wende mich ihr zu: Ihre Bluse ist um zwei Knöpfe weiter geöffnet als zuvor, ich kann jetzt den Ansatz ihrer Brüste erkennen. Sie hat einen gesunden Teint, scheint sich oft an der frischen Luft und in der Sonne aufzuhalten. Jedenfalls ist sie nicht bleich, so wie viele Frauen, die so helle Haare haben. Ihre Haut am Dekolletee: frei von Falten, kaum Störungen.

Dann atmet sie tief ein und ihre Brust hebt sich. Die beiden Spitzen, die sich durch den Seidenstoff abzeichnen, bannen meinen Blick. Da wieder das Räuspern. Ich schließe die Augen und schüttele den Kopf. Was tue ich hier eigentlich? „Ich nehme den Lachs auf Salat, bitte. Und einen Pinot Grigio dazu."

Ihr „Sehr wohl" klingt distanziert, kein Wunder, nachdem ich sie das zweite Mal angestarrt habe. Sie räumt in stiller Routine die nicht benötigten Gläser weg, stellt sie auf ihr Tablett und berührt mich dabei mit der Bluse im Gesicht und ihrer Brust an der Schulter. Bevor ich reagieren kann, ist sie wieder auf dem Weg in die Küche.

Ich frage mich, ob das Absicht war, ob ihr das überhaupt aufgefallen ist, als erneut lautes Geschrei ertönt: Sein Brüllen, ihr Kreischen, gefolgt von einem Scheppern, als wenn etwas Großes aus Edelmetall auf den Boden fällt, dann ein trockener, dumpfer Laut. Anschließend gedämpfte Stimmen, die zischen und brummen, mühsam unterdrückte Wut, ein hysterischer Schrei – ein Schimpfwort für einen Mann aus ihrem Mund – danach ein sattes Klatschen und gleich noch eines.

Mir läuft es eiskalt den Rücken herunter, ich tupfe meinen Mund ab und erhebe mich. Wenn ich das alles richtig deute, hat ihr dieser brutale Kerl soeben zwei Ohrfeigen verpasst. Gut, sie hat ihn beleidigt, aber was hat er vorher getan? Ich muss in die Küche, dem blonden Engel beistehen. Vielleicht wollte sie mir mit ihren zufälligen Berührungen ein Zeichen geben? Als ich etwas auf Höhe der Bar ankomme, tritt der Riesenkerl aus der Küche und baut sich vor mir auf. Er runzelt die Stirn und hebt den Kopf etwas an. „Der Lachs ..."

Ich blicke auf: Der ist immer noch gut fünfzehn Zentimeter höher gewachsen als ich. Und sicher dreißig Kilo schwerer. Anders als hinter der Rezeption schützt mich jetzt kein massives Möbel vor ihm – aussichtslos, sich mit so etwas einzulassen, jedenfalls nicht auf eine körperliche Auseinandersetzung. Also sehe ich ihn fragend an. Er beugt sich herab und verzieht keine Miene. „Der Lachs: Wild oder Zucht?" Ich atme auf. Und nicke. „Zuchtlachs ist okay."

Ohne ein weiteres Wort verschwindet er in der Küche und ich schleiche zurück auf meinen Platz. Der Kerl kommt mir unberechenbar vor, brutal und gefährlich. Und ich habe keine Ahnung, was da zwischen ihm und der zierlichen Blondine los ist. Mein Herz klopft bis zum Hals und ich weiß nicht recht, ob ich noch Hunger habe. Ich kämpfe noch mit mir – wieder die Frage: Gehen oder Bleiben? – als sie neben dem Tisch erscheint. Fast erschrecke ich und wage nicht, sie anzusehen. Sie beugt sich an mir vorbei, erneut von Rechts, stellt ein Weinglas auf den Tisch. Die Ärmel ihrer Bluse sind hochgekrempelt, um ihre Handgelenke trägt sie jetzt neuerdings schwarzlederne Manschetten, etwa fünf Zentimeter breit, verziert mit Nieten und einem kleinen Edelstahlring – ein recht auffälliges Accessoire für eine Servierkraft.

Den Wein schenkt sie mit routinierten Bewegungen vor, richtet sich auf und wartet, bis ich ihn gekostet habe. Trotz des Knotens in meinem Magen nehme ich das Glas in zwei Finger, nippe, schlürfe, gurgele, ermahne mich: Nicht übertreiben! Dann nicke ich und deute auf das Glas. Sie bleibt rechts hinter mir, muss sich beim Einschenken fast über mich neigen und stützt sich überraschend mit der linken Hand auf meiner Schulter ab.

Diese Berührung löst verschiedene Regungen in mir aus und ich halte die Luft an. Sie schiebt sich näher an mein Ohr, ich spüre ihre Hand auf der Schulter schwerer werden. „Verlassen Sie bitte keinesfalls den Tisch! Bleiben sie hier, ja?"

Ihre Worte klingen wie ein Flehen, leise, sanft und nachdrücklich. Ich sehe sie an: An ihrem Hals ist ebenfalls so ein Lederband befestigt, mit Nieten und mindestens zwei lose baumelnden Ringen. Als mein Blick abwärts wandert – in dieser Position erlaubt ihre inzwischen bis zum Bauch geöffnete Bluse einen direkten Blick auf ihre Brüste – hält sie inne. Ihre Nasenflügel beben. Sie starrt zum Fenster hinaus. Fast bin ich versucht, sie zu berühren und ohne, dass ich es will, wird es in meiner Hose eng. Sie ist verdammt hübsch.

„Hallo? Ich habe Ihnen eine Frage gestellt!" Sie wirkt gereizt, aber auch gehetzt. Ich nicke, lege meine linke Hand auf die Ihre, die immer noch auf meiner Schulter ruht. Versuche, so etwas wie Zuversicht zu vermitteln, kann aber den

Blick nicht von ihren Brüsten abwenden. „Ich bleibe hier, keine Angst. Ich lasse Sie nicht im Stich."

Meine Stimme kommt mir fremd vor – zu rau, zu holprig. Ein Scheppern aus der Küche lässt sie zusammenzucken und sie richtet sich auf. Die Innigkeit, die ihre warme Hand auf meiner Schulter erzeugt hat, ist verschwunden. Bevor sie geht, raunt sie mir ihren Namen zu: „Tanja. Ich heiße Tanja."

~

Es dauert eine Ewigkeit, bis sie das Essen serviert. Ich höre sie kommen und drehe mich um: Sie trägt das Tablett mit beiden Händen vor sich her, die Lippen zu einem schmalen Strich zusammengepresst, den Blick mühsam in die Ferne gerichtet. Ihr Rock ist der Länge nach eingerissen, von unten nach oben bis knapp unter den Saum, direkt an der Seitennaht. Bei jedem Schritt gibt dieser Riss den Blick auf das Darunter frei: Sie trägt keinen Slip, dafür einen Strumpfhalter und ihre schwarzen Nylons enden in der Mitte ihres Oberschenkels. Inzwischen ist ihre Bluse noch weiter geöffnet, eigentlich fallen nur zwei nicht miteinander verbundene Seidenstoffe lose flatternd über ihre Brüste. Allein ihre Vorwärtsbewegung reicht aus, um die leichten Blusenteile zur Seite wehen zu lassen, deshalb hält sie das Tablett so hoch.

Was geschieht hier? Zwingt sie der Rüpel in der Küche dazu, sich so zu präsentieren? Will er sie demütigen oder ist es ihm egal, dass jeder Gast die Streitigkeiten der beiden im wahrsten Sinne des Wortes hautnah miterleben kann? Langsam drängt es mich zu erfahren, was hier los ist. Als sie am Tisch angekommen ist und beginnt, den Fisch zu servieren, rücke ich etwas zurück und ergreife ihr Handgelenk. „Was ist mit Ihrer Kleidung, Tanja?"

Sie hält inne und blickt in Richtung Küche. Ihre Nasenflügel beben und sie wechselt ihren Stand von einem Bein auf das andere. Dann entspannt sie sich ein wenig und lächelt mich an, deutet auf die Fensterfront, hinter der der Wald inzwischen von der Dunkelheit verschluckt worden ist. „Es ist schwül heute. Zu heiß …"

Den letzten S-Laut betont sie beinahe unschicklich, lässt ihre Zunge vibrieren. Dabei fächelt sie sich Luft zu und fährt sich anschließend mit einer Hand durch die Haare, wirft den Kopf in den Nacken und schwingt ihre hellblonde Pracht-mähne mit einer einzigen Bewegung zurück. Die Antwort reicht mir nicht: Ich ziehe sie zu mir herab, beuge mich vor und falle in einen Flüsterton. „Tut er Ihnen das an?"

Mit meinem Blick deute ich zur Küche. Sie sieht sich kurz um, geht vor mir in die Knie, kneift die Augen zusammen und nähert sich mir. Ihre Worte sind mehr ein Raunen. „Ich will sie da nicht hineinziehen. Am Besten, Sie tun so, als ob Sie nichts bemerken. Essen Sie, trinken Sie, genießen Sie. Er kann sehr ..." Sie stockt, hebt den Kopf und reißt die Augen auf. Dann lauscht sie und schüt-telt endlich den Kopf. Bevor sie es wagt, weiter zu reden, kommt sie noch näher. „... er kann sehr jähzornig werden. Bleiben Sie einfach so lange wie möglich hier, damit helfen Sie mir am meisten."

Jetzt flüstert sie ebenfalls. Ihre Wange berührt meine. Ein irritierender Duft kriecht von ihrem Hals herauf, ich kann SIE riechen. Ich bekomme Hunger, aber nicht auf Zuchtlachs. Sie legt eine Hand auf meinen Oberschenkel, greift kräftig zu, um sich festzuhalten. Die Stelle, an der sie mich berührt, wird schnell warm. Dann erhebt sie sich, strafft sich, richtet sich auf. Ein erneuter, kurzer Blick in Richtung Küche, dann beugt sie sich wieder zu mir herunter. Ist ihr bewusst, dass die Bluse in dieser Stellung gar nichts mehr verdeckt? Ich starre auf ihre Brüste und schlucke den Speichel herunter, der sich in meinem Mund gebildet hat. Ihre Stimme erklingt neben meiner Schläfe, ihr Atem fährt durch mein Haar.

„Bitte legen Sie Sich bloß nicht mit ihm an, schon gar nicht meinetwegen! Zur Not komme ich mit ihm klar, ich kann einiges ertragen. Bitte versuchen Sie nicht, den Helden zu spielen. Es würde mir leid um Sie tun ..."

Ihre Hand streicht hastig meinen Hals hinab, dann macht sie sich auf den Weg zurück, das silberne Serviertablett hängt baumelnd in ihrer rechten Hand. Ich starre hinterher, auf den aufgeschlitzten Rock, der bei jedem ihrer Schritte die Hautpartien freilegt, die nicht von Slip, Strapsgürtel oder Nylonstrumpf be-deckt werden. Sie hält den Kopf hocherhoben und schreitet auf die Bar zu. Das plötzlich einsetzende Gebrüll aus der Küche lässt sie zusammenzucken, doch schnell fängt sie sich, reißt sich zusammen und setzt ihren Weg fort. Ich muss jetzt essen. Alles. Nicht auszudenken was ihr geschehen kann wenn der Kerl auch noch den Eindruck gewinnt, sein Essen habe mir nicht geschmeckt.

~

Der Teller ist leer, ich habe es geschafft. Im Weinglas dümpelt der letzte Schluck vom trockenen Weißen. Das wäre normalerweise der Moment, in dem ich mich entspannen und wohlfühlen könnte, aber jetzt fiebere ich dem Augenblick entgegen, in dem sie unversehrt hinter der Bar erscheint. Sie muss ja bald kommen. Gute Servierkräfte wissen, wann der Gast fertig ist. Ich nippe am Wein. Lasse meinen Blick durch das leere Restaurant schweifen: Wieso dauert das so lange? Ich bin der einzige Gast! Was könnte sie sonst zu tun haben? In der Küche ist es ruhig geblieben, die gesamte Zeit, in der ich mich dem Lachs gewidmet habe. Ihr kann also nichts passiert sein. Noch ein Schluck, dann ist das Glas leer. Ich räuspere mich vernehmlich, es ist zu still in diesem großen, stilvoll dekorierten Raum. An der Wand gegenüber hängt eine Uhr, ihr Ticken ist mir bisher gar nicht aufgefallen, jetzt dröhnt es in meinen Ohren: Ein hohles Tock-Tack, Tock-Tack.

Mir ist heiß. Ich weiß: Das tut man nicht, aber wische mir den Schweiß mit der gestärkten Stoffserviette von der Stirn. Tock-Tack macht die Wanduhr, Tock-Tack, ein altes, mechanisches Werk, welches sicher seit mehr als einem Menschenleben stetig und präzise arbeitet. Tock-Tack, vielleicht unterbreche ich diese Eintönigkeit mit einem leichten Schlag meines Messers an das Weinglas, als Bestellsignal? Tock-Tack: Wäre es so abwegig, wenn ein Gast auf diese Weise nach der Bedienung ruft?

Ich ergreife das Glas mit Daumen und Zeigefinger an seinem dünnen Stil, drehe es hin und her, lasse es mal in die eine, mal in die andere Richtung rotieren. Völlig leer ist es doch nicht, nie sind die Gläser völlig leer, auch wenn man glaubt, man habe sie komplett ausgetrunken: Am Ende sammelt sich immer ein letzter Rest des Getränkes am Boden.

Ich schrecke auf: Das war die Schwingtür zur Küche! Sie kommt. Endlich umrundet sie die Bar, tritt in mein Blickfeld. Ich halte den Atem an: Ihre Bluse steht völlig offen, vor dem Bauch verknotet. Die Brüste prangen heraus, bei jedem Schritt schiebt sich zuerst die eine Brustwarze ins Freie, dann die Andere. Sie geht langsam, aufrecht und beherrscht: Jetzt balanciert sie auf lacklledernen High-Heels über den dicken Teppichboden, die Absätze mindestens so lang wie eine Zigarettenschachtel.

Der Rock spannt nicht mehr, er liegt wie ein Lendenschurz auf ihren Oberschenkeln: Auch die Naht auf der anderen Seite ist von unten nach oben aufgerissen. Die Beinmuskeln schieben sich durch die Schlitze heraus, umkränzt von dem Strumpfhalter, der sich eng um ihre Hüftknochen schmiegt. Ihr Gesicht ist eine steinerne Maske, die langen, hellblonden Haare voller Öl oder Gel, streng nach hinten über ihren Kopf gekämmt, im Nacken mit einem Band zusammengefasst.

In ihrem Gesicht dominiert der schwarze Kajal, mit dem weite Teile ihrer Augen umrandet wurden, er ist schon ein wenig verlaufen, vielleicht durch Schweiß, vielleicht durch Tränen. Als sie vor mir steht, senkt sie den Blick. Sie spricht mit fester Stimme, aber tonlos.

„Er will dass Sie wissen, was für eine Hure ich bin. Ich habe ihn betrogen. Ich habe mich mit einem Hausgast eingelassen." Aus der Küche dröhnt ein Brüllen. „Lauter, Du Schlampe! Ich höre Nichts!"

Sie zuckt zusammen. Dann atmet sie durch und sieht mich an. Sie hebt die Stimme. „Ich habe meinen Ehemann mit einem Hausgast betrogen. Ich habe den Schwanz dieses Fremden in meinen Mund genommen und so lange daran geleckt, bis er mir sein Sperma ... Verdammt, ich kann das nicht!"

Den letzten Satz schreit sie hinaus, hysterisch und schrill. Ihre Brüste beben, ihre Beine zittern, sie beugt sich vor, wie unter Schmerzen und ich sehe die Tränen, die ihr über die Wangen rinnen. Aus Richtung Küche kommt nur ein zynisches „Weiter, weiter" das mich wütend macht, doch als ich im Begriff bin, mich zu erheben, legt sie mir eine Hand auf die Schulter und kniet sich erneut vor mich hin. Sie sieht mich an und schüttelt energisch den Kopf. „Ich habe sein Sperma geschluckt!"

Ihre Stimme ist klar, deutlich und übertrieben laut: Sie spricht nicht zu mir, sondern zu ihm. Ich versuche ihr mit den Augen zu sagen, dass sie meinetwegen keine Hemmungen haben und weitermachen soll, doch gleichzeitig muss ich mir auf die Zunge beißen. In meinem Magen brodelt es: Was für eine absurde Situation!

Ihre zweite Hand wandert auf meine andere Schulter und ich erwidere diese Geste automatisch: Das fühlt sich wie eine Umarmung an. Der Ansatz eines Lächelns zuckt über ihre Mundwinkel. Sie holt tief Luft und brüllt voller Trotz in seine Richtung. „Dann habe ich mich von ihm ficken lassen, von diesem fremden Mann!"

Das klingt fast übermütig. Von dem uneinsehbaren Bereich hinter der Bar erklingt ein brummendes „Weiter, Du Hure!"

Verdammt, er hat die Küche verlassen und nähert sich uns. Ich will sie von mir wegschieben, doch sie klammert sich an meinen Schultern fest, presst die Lippen zusammen und rutscht auf den Knien näher an mich heran, schiebt sich wie schutzsuchend zwischen meine Beine. Wieder kann ihren Duft wahrnehmen. Sie wird leiser, nimmt Auflehnung und Übermut aus der Stimme, fast kommt es mir vor, als wenn sie mir ein Geheimnis anvertraut. „Und dann habe ich ihm meinen Arsch angeboten – da durfte er auch hinein! Verdammt, nun zufrieden?"

Sie wendet sich um, erwartet wie ich, dass der Koloss jeden Moment in unserem Blickfeld auftaucht. Wie wird er reagieren, wenn er uns so sieht? Wie wird er diesen Anblick deuten, seine halbnackte Frau, kniend zwischen meinen Schenkeln? Bestürzt nehme ich am Rande zur Kenntnis, dass mich diese Nähe zu ihr und das, was sie sagt, nicht kalt lassen: In meiner Hose wächst unvermeidbar eine Erektion – das leidige Erbe meiner Rasse. Geil werden, wenn es geil ist, bei allem Mitleid, bei aller Anspannung.

Da ertönt seine tiefe, brummende Stimme erneut, fast sanft, aber nachdrücklich. „Nein, ich bin noch nicht zufrieden. Beschreib das alles viel ausführlicher, damit unser Gast eine echte Vorstellung davon bekommt, wie verdorben Du bist."

Sie stößt die Luft durch die Nasenlöcher aus und krallt sich in meine Schultern. Sie sieht mich an, macht Anstalten zu sprechen. Dann stutzt sie. Runzelt die Stirn. Ihre Augen werden zu schmalen Schlitzen. Sie blickt nach unten, direkt auf das Zelt, das sich in meinem Schritt auftürmt. Sie spitzt ihre Lippen und schüttelt den Kopf. Endlich richtet sie sich auf, ihre Rechte gibt meine Schulter frei. Die anschließende Ohrfeige schallt durch den Gastraum und hinterlässt ein nachhaltiges Brennen auf meiner Wange.

Sie steht auf und beginnt, den Tisch abzuräumen. Dabei spricht sie in Richtung Küche, laut und vernehmlich, aber so ungerührt, als würde sie einen Vortrag halten. „Ich habe meinen kleinen Arsch in die Höhe gereckt und die Backen weit auseinandergezogen, damit der Gast leicht in mich eindringen konnte. Obwohl ich Schmerzen dabei hatte!"

Sie wendet sich noch einmal zu mir und wirft mir einen undeutbaren Blick zu. Ich hebe die Schultern, bitte mit den Augen um Verzeihung: Ich kann doch nichts dafür. Das ist eine unkontrollierbare Reaktion, instinkthaft, triebgesteuert. Ich will es ihr erklären, doch mehr als ein beschwörendes „Tanja ..." bringe ich nicht heraus. Als ich nach ihrem Handgelenk greifen will, flieht sie mit schnellen Schritten.

Ich höre, wie sie in der Küche ankommt. Das Tablett geht zu Boden, Porzellan klirrt, Schreie werden laut, aber immerhin kann ich keine Schläge hören. Sie kreischt ab und zu auf, stöhnt zwischendurch, mich reißt es vom Sitz, doch dann kommt mir dieses Ungetüm von Mann in den Sinn. Zwischendurch wird es still, aber das hält nicht lange an, immer wieder dringt Ächzen und Gebrüll aus der Küche. Irgendwann höre ich das vertraute Geräusch der Schwingtür und ich weiß, dass nun er kommt. Aber ich irre mich: Beide tauchen auf. Eine skurrile Szene und ich habe keine Ahnung, wie ich damit umgehen soll.

~

Da ist dieser Koloss von Mann. Er ist an die ein Meter fünfundneunzig groß, hat Schultern und Oberarme wie ein Preisboxer, was durch das schmierige, achsellose T-Shirt, das er jetzt trägt, noch betont wird. Ein Gesicht wie eine Bulldogge, rasierter Kopf, breites Kinn, hohe Stirn, wulstige Augenbrauen, grimmiger Blick – die personifizierte Gewalttätigkeit. Säulenbeine, die in einer Jeans stecken und in Lederstiefeln enden, die Hände riesengroß, Unterarme, die mir als Oberschenkel gut ständen, und nur am Bauch ist eine kleine Wölbung zu erkennen, die möglicherweise berufsbedingt ist, ansonsten besteht er fast nur aus Muskeln und unter jedem seiner Schritte erzittert der Boden.

In einer seiner Pranken hält er die Leine, die an ihren Hals führt. Sie ist so viel kleiner und zierlicher als er, wie sollte sie sich je gegen dieses Ungetüm von Mann zur Wehr setzen können? Er hat ihr die Arme auf dem Rücken verkettet, die Handgelenkmanschetten und ihr Halsband sind miteinander durch irgendwelche Metallteile verbunden (jetzt wird der Zweck der Edelstahlringe sichtbar). Und er führt sein blondes, verdorbenes Weibchen an einer langen Hundeleine, die ebenfalls an einem Ring am Halsband befestigt ist. Er zieht sie mit all seiner Kraft hinter sich her, zerrt an dem Lederriemen, so dass sie nicht anders kann als ihm zu folgen.

Sie ist inzwischen fast all ihrer Kleidung beraubt: Rock, Bluse und Slip liegen wahrscheinlich zerrissen am Küchenboden, nur noch Strapse, Nylons und die jetzt extrem hoch wirkenden High-Heels unterstützen die eindrucksvolle Wirkung ihrer hilflosen Nacktheit. Ich weiß nicht, was ich tun soll. Die beiden kommen näher, Tanja versucht, mit mir Blickkontakt aufzunehmen, doch es bleiben nur wenige Sekunden, bis er stehen bleibt und seine Gefangene mit der Leine schwungvoll an sich vorbei zieht, direkt vor meinen Stuhl. Ein heftiger Stoß in ihren Rücken lässt sie noch einen Schritt vorantaumeln, jetzt ist sie mir so nahe, dass ich ihren Atem spüren kann.

Was mich verzweifeln lässt ist, dass ich den Blick nicht von ihren Brüsten lassen kann: Sogar jetzt stehen sie straff, aufrecht, pendeln nicht hin und her oder hängen gar. Sie gehören zu der eher grazilen Sorte, sind nicht besonders üppig, haben aber eine bezaubernde Form. Wieder berührt mich der Anblick ungemein, ebenso wie all die unbehaarte Zartheit, die ich in ihrem Schritt wahrnehme. Ich glaube, ich liebe sie. Alles an ihr ist so zart, so klein und anmutig. Und sie riecht so gut.

Mit dem letzten Stoß landet sie vor meinem Stuhl auf den Knien. Er schiebt sie beiseite und baut sich vor mir auf. Stemmt die Arme in die Hüfte, schürzt die Lippen, dann deutet er auf sie und seine tiefe, kräftige Stimme wird fast weinerlich. „Diese kleine Schlampe hat mich betrogen, immer wieder!"

Ich weiche vor dieser überwältigenden, physischen Präsenz zurück, soweit es mein Stuhl zulässt. Ein Seitenblick zu ihr: Sie kauert neben ihm, wagt nicht, mich anzusehen. Sie hält den Kopf gebeugt, die Arme auf den Rücken verschränkt, den Oberkörper aufgerichtet, das ganze Gewicht auf ihren Knien – wie eine Büßerin, die das Urteil erwartet. Er dagegen ist außer sich vor Trauer und Wut. „Mit fast jedem Gast treibt sie es, diese läufige Hündin!"

Es folgt ein leichter Schlag gegen ihren Hinterkopf, der sie aufstöhnen lässt. Und ich verfluche das Erbe meiner Rasse: Ihr Anblick und diese Situation erregen mich immer mehr – ich sollte mich schämen.

„Wahllos! Es ist ihr egal, wie er aussieht, egal, wie alt er ist – Hauptsache, sie kriegt einen Schwanz in ihre Löcher!" Er keucht und zerrt an der Leine, so dass sie näher zu mir rutschen muss. Seine Stimme wird leise.

„Dir hat sie sich doch sicher auch schon angeboten, nicht wahr? Hat mit Dir geflirtet, Dich wie zufällig berührt ... oder?" Er beugt sich herunter, umschließt mein Kinn mit der freien Pranke und dreht meinen Kopf so, dass ich ihm in die Augen blicken muss. Ich halte die Luft an. Seine Lider senken sich langsam und er nickt. „Ja, ja: Dich will sie auch. Will sich von Dir ficken lassen. Und Du bist auch ganz scharf auf sie, das sehe ich. Habt ihr Euch schon verabredet für nachher, wenn ich schlafe? Mhm?"

Er drückt etwas stärker zu und ich bekomme echte, wahrhaftige Angst. Ich versuche, den Kopf zu schütteln, aber seine Hand hält mein Kinn wie in einem Schraubstock fest.

„Nein, nein – kein Gedanke." Ich presse die Worte hervor und hoffe inständig, dass der Mann nicht jede Beherrschung verloren hat. Er stiert mich an, dann gibt er mich frei und richtet sich auf. Seiner Stimme fehlt jede Regung. „Mach die Hose auf."

Ich will etwas sagen, da brüllt er los. „Mach die Hose auf, Mann, wenn Du diese Nacht überleben willst!"

Ich beeile mich, seiner Aufforderung nachzukommen: Ich entledige mich hastig sowohl meiner Hose als auch den Shorts, die ich darunter trage. Dann lasse ich mich zurück auf den Stuhl fallen. Er wirft einen Blick auf meine Erektion. „Na also, sie gefällt Dir. Sage ich doch."

Jetzt klingt er beinahe beruhigt. Er lässt die Leine fallen und ergreift ihren üppigen, hellblonden Haarschopf, drückt ihr Gesicht über meinen Schritt und biegt dann ihren Kopf in den Nacken. Sie reißt den Mund vor Schmerz auf, bleckt die Zähne und gibt ein ersticktes Ächzen von sich. Mein Schwanz zittert vor Härte. Der Bulle beugt sich zu ihr hinunter. „So, meine kleine Hure, jetzt wirst Du diesem Gast ordentlich einen blasen, hast Du verstanden? Wehe, Du weigerst Dich – Du weißt, was dann geschieht ..."

Wieder klingt seine Stimme beherrscht, beinahe heiter. Er wirft mir einen kurzen Blick zu, in dem eine stumme Warnung enthalten ist. Dann führt er ihren weit geöffneten Rachen über meinen Penis. Sie beginnt ohne Zögern, seinen Befehl auszuführen. Und zu meiner Überraschung und Erleichterung kann ich das, was jetzt folgt, sogar ein wenig genießen.

~

Ich erwache früh am Morgen vom Lärm der Vögel. Zunächst strecke ich mich ausgiebig, ich habe gut geschlafen. Und da ist ein Duft um mich herum, der ...

Ich fahre hoch: Ich bin in diesem Waldhotel! Ich sehe mich kurz im Zimmer um – ja, kein Zweifel. Das Waldhotel, die Blondine, der Grobian ...

Ich schnuppere an meiner Haut: Das ist zweifelsfrei ihr Geruch. Tanja. Mir wird flau im Magen. Ich fahre mit einer Hand an meinen Penis – er fühlt sich etwas wund an. Ich führe die Hand an die Nase und mir will schlecht werden: Das ist der Geruch nach Wollust, nach Sex, nach vielen Stunden emsigen Penetrierens – ich habe also nicht geträumt.

Ich springe aus dem Bett, haste ins Bad und stelle die Dusche an. Dann fällt mein Blick in den Spiegel: Zwei unübersehbare Knutschflecken, ziemlich weit oben am Hals. Ausgehungertes Biest. Hatte die mich rangenommen, nachdem ihr Mann ihre Fesseln gelöst hatte und schluchzend weggerannt war. Er konnte offenbar nicht ertragen, mit welchem Engagement und vor allem mit welcher Wonne sie seinen Anweisungen gefolgt war: Sie hat sich nicht nur als die Göttin des Oralverkehrs entpuppt, sondern ist während ihres Blow-Jobs mindestens einmal selbst gekommen, das verdorbene Luder.

Dieser Anblick muss ihm den Rest gegeben haben, denn der Riese, der auf den ersten Blick einen brutalen und unberechenbaren Eindruck gemacht hatte, schien in Wahrheit äußerst sensibel zu sein. Er war weinend zusammengebrochen, hatte sich viele Male bei uns entschuldigt und war dann aus dem Restaurant gelaufen. Kurz darauf waren draußen Motorgeräusche zu hören gewesen und zwei Lichtkegel an den dunklen Fenstern vorbeigehuscht. „Jetzt fährt er weg, wie so oft. Der wird heute nicht mehr wiederkommen."

Unmittelbar nach dieser lakonischen Bemerkung war Tanja wieder auf die Knie gegangen und hatte begonnen, mein Hemd aufzuknöpfen und mich völlig zu entkleiden. Anschließend zog sie mich zu sich auf den weichen Teppich hinunter. Als ich ihr nahe genug war, um ihre Wollust zu wittern, habe ich alle Skrupel beiseite geschoben: Ich wollte sie haben, sie ausgiebig genießen, mir war egal, dass ihr eigener Mann sie Hure schimpfte. Nein, eigentlich war es mir nicht egal: Ich fand es hervorragend, dass sie eine willige, fantasievolle und verdorbene Hure war, und vor allem, dass sie in dieser Nacht allein meine Hure sein würde.

Sie lieferte mich an der Tür meines Zimmers ab, als draußen der Morgen graute. Wir hatten uns bis zur Erschöpfung miteinander vergnügt. Ich wollte sie fragen, was mit ihrem Mann sei, aber sie legte mir einen Finger auf die Lippen und hauchte einen letzten Kuss auf meine Wange. „Das war toll, Wagner." Ihre Stimme lächelte, ich ging ins Zimmer, legte mich ins Bett und schlief ein.

Aber was soll ich jetzt tun? Ich kann unmöglich in diesem Hotel bleiben! Vielleicht läuft der Koloss von ihrem Mann doch noch Amok, dann möchte ich nicht in der Nähe sein. Seiner Frau hat er bisher ja nichts Ernstes getan, aber was würde geschehen, wenn er einen Nebenbuhler in die Finger bekäme?

Ich beeile mich also mit dem Duschen, packe meine Sachen und schleiche mich in Richtung Rezeption. Vielleicht habe ich Glück und er bemerkt mich nicht. Vielleicht ist er auch noch gar nicht zurückgekehrt. Es ist ein altes Haus, die Bodendielen knarren. Ich bewege mich langsam, darauf bedacht, kein Geräusch zu machen. Ich erreiche die Zwischentür – die Tür, durch die der Riese gestern Abend zur Rezeption kam. Mein Plan ist simpel – ich werde mich klammheimlich verdrücken:

Hier ohne jedes Geräusch durch, dann geduckt an der Rezeption vorbei. Wenn sich jemand in dem kleinen Raum hinter dem Tresen aufhalten sollte, wird er mich weder sehen noch hören. Weiter durch den engen Gang, mich aufrichten vor der schweren Schwingtür, diese sanft aufdrücken – die macht nämlich keine Geräusche, wenn ich mich recht erinnere – mich rausschlängeln und die Türflügel wieder langsam zufallen lassen. Den Zimmerschlüssel auf den Boden vorm Eingang legen, von da sind es nur wenige Schritte bis zu meinem Wagen, Koffer und Taschen hinten rein, dann auf den Fahrersitz, starten und ab.

Dem Kunden, der hier für mich gebucht hat werde ich irgendeine schlüssige Geschichte erzählen, warum mir dieses Hotel nicht gefällt. Ja, und ein wenig tut es mir leid, dass ich Tanja nicht wiedersehen werde, ich hätte mich wirklich gern von ihr verabschiedet, aber manchmal ist einem die eigene Gesundheit mehr wert als jede Moral. Oder so ähnlich.

~

Ich befinde mich jetzt direkt neben der Rezeption. Bis hierher hat alles so geklappt, wie ich es geplant habe. Ich muss nur zwischendurch Durchatmen, das alles – zwei Taschen und einen Koffer völlig geräuschlos in gebückter Haltung zu tragen – strengt an. Da höre ich eine leise Stimme, sie scheint aus dem kleinen Raum hinter dem Tresen zu kommen. „... wie Du Dir es vorgestellt hast?"

Mir wird augenblicklich warm: Das ist Er. Allerdings klingt er interessiert, kein bisschen böse. Eher vergnügt. Dann ein Kichern: Tanja!

„Auf jeden Fall, der war toll! Der hat mich vielleicht hergenommen: Schau mal hier, und hier! Sehr einfühlsam, und gut geküsst hat er auch. Doch, ich bin Dir ehrlich dankbar – Dein Auftritt war so überzeugend, er hat uns die ganze Geschichte abgenommen, ohne misstrauisch zu werden!"

Das folgende Geräusch klingt nach einem langen Kuss.

„Erzähl mal ein bisschen ..." Seine Stimme ist sanft und Tanja beginnt, ihm Einzelheiten zu berichten. Gegen meinen Willen muss ich hin und wieder grinsen: Sie stellt alles äußerst schmeichelhaft für mich dar. Obwohl sie sehr leise spricht und manchmal ihre Stimme senkt – an Stellen, bei denen auch ich rote Ohren bekomme, wenn ich an die vergangene Nacht mit ihr denke – kann ich ihre Worte gut verstehen. Na, ich war ja dabei.

Dann wieder ein Kuss. Und noch einer. Keuchen, Rascheln, Haut reibt sich an Haut. Ich sehe auf die Uhr: Das ist bestimmt gut für den Kreislauf, zu dieser Tageszeit. Endlich höre ich ihr vertrautes Keuchen und das immer schriller werdende Juchzen, das sie von sich gibt, wenn ihr Orgasmus naht. In meiner Hose erinnert sich ebenfalls etwas an diese Geräusche.

Ich richte mich auf und werfe einen Blick hinter den Tresen: Die Tür ist zwar angelehnt, aber durch die Glasscheiben im oberen Bereich kann ich die Umrisse der beiden erkennen. Sie hat den Kopf in den Nacken geworfen und stimmt gerade diesen durchdringenden Ton an, der von ihrem nahenden Höhepunkt kündet.

Gut, die werden mich nicht bemerken, wenn ich jetzt hinausgehe. An meinem Wagen bleibe ich stehen, werfe einen Blick zurück und wiege den Zimmerschlüssel in der Hand. Immerhin ist hier noch für zwei weitere Tage für mich gebucht. Ich werfe meinen Koffer und die Taschen auf die Rückbank, steige ein und lege den Zimmerschlüssel in die Mittelablage des Wagens.

Ich werde nach meiner Arbeit heute Abend wieder hierher kommen. Ich bin nämlich gespannt, ob und wie die beiden ihr Schauspiel fortsetzen.

Du bist schuld

Hallo, mein unerreichbarer Geliebter!

Ich schreibe Dir diesen Brief im vollen Bewusstsein, dass Du ihn vielleicht niemals erhalten wirst. Ich muss so oft an Dich denken und kann Dir wenigstens dann nahe sein, wenn ich Dir schreibe. Ich tue das häufig, immer wieder, aber Du bist aus meinem Leben verschwunden, einfach weg, obwohl ich so sehr gehofft habe, Dich noch einmal zu sehen, noch einmal den Zauber unserer ersten Nacht wiederholen zu können ... jener Nacht, in der Du mich unwissentlich auf meinen Weg geführt hast, den ich heute gehe – nur eben ohne Dich.

Es ist jetzt fast drei Jahre her, seit wir uns das erste – und leider bisher das einzige – Mal trafen. Erinnerst Du Dich? Könntest Du heute noch den Namen des feudalen Hotels nennen, in dem wir uns getroffen haben? Es war ein gewöhnlicher Name, aber ich habe ihn mir gemerkt. Ich habe mir alles gemerkt, was an jenem Abend geschehen ist.

Ich war erst Zweiundzwanzig, als wir uns damals trafen: Jung war ich, unbedarft, ja fast naiv, und entsprechend aufgeregt. Wie erleichtert war ich, als ich Dich dann sah, zunächst aus der Ferne, heimlich, von der Ecke der gediegenen Bar aus, der als Treffpunkt vereinbart war: Ein reifer, gepflegter Mann, durchaus gutaussehend, Deine Schläfen grau, Du warst geschmackvoll gekleidet, hattest hervorragende Manieren und ein Lächeln, das mir sofort unter die Haut ging.

Ich konnte mein Glück kaum fassen: Wie Du da lässig an dem dunklen Mahagoni-Tresen standst, hochgewachsen, schlank, für Dein Alter in einer blendenden optischen Form, überraschend jugendlich wirkend – mein Gott, was hatte ich vorher für schreckliche Vorstellungen von einem 55jährigen gehabt – ja, ich war kurz davor gewesen, dieses Treffen abzusagen. Aber Du, allein Deine Präsenz, Dein Auftreten, ja Deine gesamte Erscheinung ließen meine Angst vor diesem ersten Mal versiegen und meine Aufregung in tiefere Körperregionen wandern.

Ob Du es glaubst oder nicht: Ich habe bei Deinem Anblick sofort ein deutliches Ziehen in meinem Unterleib gespürt, ich bin innerhalb von Sekunden feucht geworden und konnte es kaum noch abwarten, mich Dir zu zeigen. Ab diesem Moment wollte ich unbedingt mit Dir ins Bett – und schon kam eine neue Angst auf: Werde ich ihm gefallen? Kann ich ihn begeistern, diesen eindrucksvollen Mann?

Ich sage Dir, für ein so junges, unerfahrenes Mädchen wie mich war es die reinste Hölle. Ich habe mich aus der Bar geschlichen, ich musste unbedingt noch einmal die Toiletten aufsuchen, überprüfen, ob ich Dir überhaupt unter die Augen treten kann. Mir war so schlecht, ich hätte mich beinahe übergeben. Ich glaube, ich habe mehr als eine Viertelstunde gebraucht, um mich davon zu überzeugen, dass meine Aussichten, jemanden wie Dich zu beeindrucken, durchaus vorhanden waren.

Immerhin hatte ich den Vorteil der Jugend, das hast Du mir später immer wieder bestätigt, weißt Du noch? Zum Beispiel in diesen endlosen ersten Minuten in Deiner Suite, in denen ich völlig nackt vor Dir stand, blind wegen der Augenbinde, die Du mir angelegt hattest, unfähig, meine Arme zu bewegen, die kunstvoll und mit viel Sachverstand hinter meinem Rücken fixiert und mit dem Halsband verbunden waren, das Du extra für unser Treffen besorgt hattest. Ich habe innerlich vibriert, mich so danach gesehnt, dass Du mich endlich nimmst, so wie es die wenigen jungen Männer immer getan hatten, mit denen ich bis dahin zusammen gewesen war, aber nicht Du: Du warst auf ein völlig anderes Spiel aus, ein Spiel, das ich bis dahin nicht gekannt hatte, das mich überrascht und komplett in seinen Bann gezogen hat, ein Spiel, nach dem ich beinahe süchtig geworden bin.

Ich hatte zu viel Wein getrunken, vorher, bei diesem gemeinsamen Abendessen. Natürlich war ich aufgeregt gewesen: Stell Dir doch nur einmal diese Situation vor! Als ich aus den Erfrischungsräumen zurück an die Bar kam, hast Du mich sofort erkannt, die Beschreibung meines Äußeren passte zu gut – ich hatte keine Chance mehr, Dir aus dem Weg zu gehen, konnte mich nicht mehr auf das Kommende vorbereiten, es war aus, Du hattest mich. Deine Stimme, dieser milde, fast geflüsterte Bass ging mir direkt unter die Haut, ich glaube, Du hast schnell gespürt, dass ich dabei war, Dir zu verfallen, nicht wahr?

Ach Geliebter, wenn ich an diese ersten Augenblicke denke ... Wie Du mich sanft am Hals berührt hast, mich einmal von oben bis unten taxiert, meinen Körper mit Deinen Augen erkundet und mich dann an Dich gezogen hast, als wären wir seit Jahren ein Paar, und mir diesen charmanten aber dennoch recht selbstbewussten Kuss gegeben hast – glaube mir, es war nicht gespielt: Ich musste meinen Mund öffnen und das Eindringen Deiner Zunge erlauben, ich war Dir in diesem Moment bereits hoffnungslos verfallen.

Als Du mich dann zu unserem Tisch geleitet hast, wollten mir die Beine den Dienst versagen, ich stolperte ein wenig und Du hast mich aufgefangen. Wenn ich in diesem Augenblick etwas selbstbewusster gewesen wäre, hätte ich Dir ins Ohr gehaucht, dass ich keinen Hunger habe – jedenfalls nicht auf Essen oder Trinken – sondern dass ich jetzt viel lieber so schnell wie möglich mit Dir allein sein würde, mich von Dir nehmen lassen, mich Dir hingeben wollte, auf jede Art, die Dir einfiele ... doch ich habe mich nicht getraut. Ist das nicht widersinnig? Ich hatte tatsächlich Angst davor, Du könntest mich für verrucht, für unmoralisch halten, dabei warst Du mir in dieser Hinsicht um Jahre oder gar Jahrzehnte voraus.

Ich habe anfangs gar nicht bemerkt, wie souverän Du vorgegangen bist, mit welcher Selbstverständlichkeit Du die Führung übernommen hast. Du hast das Essen ausgewählt – das hat sich für mich angefühlt, als wäre ich ein kleines Kind, das keine eigenen Entscheidungen treffen kann. Du hast ebenfalls bestimmt, was ich trinken soll, ohne Rücksicht darauf zu nehmen, was ich mir ausgesucht hätte. Und dann kam diese Sache mit dem Halsband. Wirklich, ich muss jetzt aufpassen, dass ich mit dem Brief an Dich weitermachen kann, denn mich erregt die Erinnerung daran so sehr, dass ich kaum die Finger von mir lassen kann (es ist meine liebste Fantasie, wenn ich es mir selbst mache, mein Gott! Was hast Du da nur angerichtet? Bin ich jetzt eine Fetischistin?)

Oh, das war ein Wendepunkt. Erinnerst Du Dich? Sicher erinnerst Du Dich – ich werde nicht das einzige Mädchen gewesen sein, das Du auf diese Weise verdorben hast. So subtil und doch so wirksam. Ich muss lächeln, Geliebter, wenn ich daran denke. Es saßen ja nur drei weitere Herren und ein offenbar frisch verliebtes Pärchen in diesem edlen Restaurant, an mehr kann ich mich jedenfalls nicht erinnern. Und doch war es so ... „schmachvoll"!?

Du gabst mir das Halsband – Leder, nicht etwa Samt, und mit Nieten, mein Gott – und hast mich aufgefordert, es anzulegen. Aber nicht hier am Tisch, nein: Ich sollte erneut in die Erfrischungsräume gehen und bei dieser Gelegenheit meine gesamte Unterwäsche ausziehen! Was hatte ich bei der Vorbereitung auf unser Treffen alles anprobiert – alle Dessous, die ich zu jener Zeit besessen habe. Die Schönsten davon trug ich jetzt unter meinem kurzen, schwarzen und viel zu knappen Abendkleid, und nun sollte ich mich dieser zarten Stoffe entledigen, ohne mich Dir darin gezeigt zu haben? Und vor allem: Um sie loszuwerden, musste ich zunächst das Kleid ausziehen, würde lange Augenblicke völlig nackt auf der Toilette des Hotels zubringen müssen – Du verstehst, dass ich in diesem Moment drauf und dran war, Deine Forderung nicht zu erfüllen?

Aber Du hast mich nur angesehen, kaum eine Miene verzogen. Da war ein Zucken um Deine Augen, das hat mir klar gemacht, wer der Herr ist und wer die Dienerin. Was habe ich mich geschämt. Nicht nur in den hastigen Minuten auf der Toilette, viel schlimmer war es, als ich wieder an unseren Tisch zurückkehrte: Jeder der Anwesenden starrte mich an, in ihren Augen war zu sehen, dass sie ahnten, wie es um uns stand.

Ich wusste nicht, wohin ich den Blick wenden sollte, doch ich brannte inzwischen lichterloh. Du hast mich angelächelt und mir zugeflüstert, dass Du meine Erregung riechen könntest. Dann gabst Du mir den Befehl, mich selbst zu berühren, zwischen den Beinen, unauffällig, aber so, dass Du die Wirkung sehen kannst. Ich habe es kaum glauben können, aber ich tat, was Du verlangt hast – ich war zu diesem Zeitpunkt schon so sehr in Deinem Bann, dass ich mich nicht mehr wehren konnte. Ich wollte nur noch Dir gehören und alles tun, um Dich glücklich zu machen.

Kurz bevor ich kommen konnte, hast Du mir befohlen, aufzuhören. Du hast mir mit einem Finger die Schweißperlen von der Oberlippe gewischt, dann meine Hand genommen – Du weißt schon: DIE Hand, die gerade eben noch in mir gesteckt hatte – und sie an Deine Nase geführt. Ich wäre vor Scham am liebsten im Boden versunken. Genau in diesem Augenblick stand der Kellner an unserem Tisch: Lächelnd, mit professioneller Distanz, doch er musste mein Aroma der Lust ebenso wahrnehmen wie jeder andere, der mir nahe kam. Er würde nicht ignorieren können, wie schnell und kurz meine Atemzüge immer noch gingen und die leisen Schweißtropfen auf meiner Stirn und meinem Dekolletee sprach ebenfalls Bände.

Geliebter, als wir dieses Essen endlich beendet hatten und Du mich zum Fahrstuhl führtest, war ich bereits eine andere Frau. Du bist ein Zauberer, ein Magier, weißt Du das? So sehr ich Angst vor diesem ersten Treffen gehabt hatte, so sehr wünschte ich mir, dass es nie vorbei gehen sollte, dass Du alles, bitte alles mit mir machst, wonach Dir der Sinn steht – und mehr. Ich war weit über die Grenzen meiner bisherigen Erfahrungen gegangen und wollte unbedingt noch viel weiter gehen – unter Deiner Führung, mit Dir als Lehrmeister.

Zu diesem Zeitpunkt war mir die Uhr egal geworden und ich habe später eine Menge Ärger deshalb bekommen, aber als wir den Fahrstuhl betraten und Du mir das Kleid auszogst war ich bereit, mein altes Leben ein- für allemal hinter mir zu lassen. Ich habe es Dir nie gesagt, aber in den wenigen Sekunden, in denen ich mit gesenktem Kopf neben Dir nackt im Fahrstuhl stand, hatte ich einen Orgasmus, der mich bis ins Mark erschütterte. Ich habe bis jetzt nie wieder solch intensive Empfindungen gehabt.

Nach diesem Erlebnis war es mir gleichgültig, wer mich aus dem Fahrstuhl steigen sehen würde. Ich ging neben Dir den langen, dezent beleuchteten Gang entlang, das erste Mal in meinem Leben überzeugt davon, das einzig Richtige zu tun. Ich trug meine Nacktheit voller Stolz.

Nicht weit hinter uns traten Leute auf den Flur, weißt Du noch? Ihre Stimmen erstarben, als sie uns beide sahen, ich habe mich nicht umgedreht, aber ich habe ihre Blicke auf meiner Haut gespürt wie Berührungen. Berührungen, nach denen ich so sehr sehnte, ich konnte nicht fassen, dass Du mich bis dahin immer noch nicht angefasst hattest. Ich habe sehnsüchtig darauf gewartet, auf harte, unmissverständliche, fordernde und erobernde Hände und Finger und weitere Körperteile, die mich in Besitz nehmen würden, doch Du hast nur Deine Suite geöffnet und mir bedeutet, vor der Tür zu warten.

Erst als ich dort allein stand, wagte ich einen Blick zurück, doch es war niemand mehr zu sehen. Aber in dem langer Gang bestand jederzeit die Möglichkeit, dass andere Hotelgäste aus ihren Zimmern kamen. Ich beschloss, in so einem Fall einfach die Augen zu schließen und ihre Blicke über mich ergehen zu lassen. Sollten sie mich doch anstarren. Sich sattsehen an meinem jungen Körper, an der zarten, glatten Haut, den festen Brüsten, meiner von allen Haaren befreiten Scham. Du wolltest mich offenbar einer kleinen, ausgesuchten und zufälligen Öffentlichkeit präsentieren – und offenbar testen, wie es um mein Schamgefühl bestellt war. Wolltest die Hure in mir wecken.

Was hast Du nur so lange in dem Zimmer gemacht? Mir wurde warm, ich musste mich berühren, wollte versuchen, diese Welle, die mich eben so spontan mitgerissen hatte, erneut herbei zu führen. Ich habe mich auf den Boden gekniet, die Beine weit gespreizt: sollte doch die ganze Welt sehen, dass ich im Himmelreich des Genusses angekommen war! Ja, ich habe vor Deiner Zimmertür gesessen und hemmungslos masturbiert, mir war das Urteil der Welt über mich egal geworden.

Doch einmal mehr hast Du meine Erfüllung verhindert: Plötzlich warst Du wieder da, standst in der offenen Tür Deiner Suite, hast mir dann dieses seidene Tuch um den Kopf geschlungen und Dich recht routiniert an meinen Armen und Händen zu schaffen gemacht. Es hat nicht lange gedauert, bis ich mich kaum noch bewegen konnte, aber ich hatte keine Angst mehr.

Im Gegenteil: Jetzt würdest Du endlich damit beginnen, meinen jungen Körper zu erobern, Zentimeter um Zentimeter oder gleich alles auf einmal. Oh, ich fließe beinahe aus, wenn ich mich an die folgenden Stunden erinnere, obwohl es nach allem, was bis dahin geschehen war, eher unspektakulär und ein wenig vorhersagbar ablief.

Nachdem Du mich ausgiebig mit Deinen Fingern erkundet hattest – weißt Du noch: Ich war so feucht dass ich dachte, ich hätte Wasser gelassen – nachdem Du mich geküsst und ein wenig gequält hattest – meine kleinen, hellen Brustwarzen waren lange Zeit Mittelpunkt Deines Interesses gewesen, sie haben danach noch stundenlang weh getan – nachdem Du mich bäuchlings auf das Bett geworfen und meine Pobacken weit auseinander gespreizt hattest, bist Du heftig und ungeduldig in mich eingedrungen.

Ich kann noch heute jeden Deiner Stöße spüren: Zuerst die Gleitenden, Pulsierenden, die meine junge Möse zum Zucken gebracht haben, dann plötzlich das grelle und schreiende Eindringen in meinen Po, der völlig unvorbereitet war. Du hast nicht bemerkt, dass ich maßlos erschrocken war, regelrecht erstarrt vom anfänglichen Schmerz – oder wenn Du es bemerkt haben solltest, war es Dir egal gewesen, Du hast Dir genommen, was Du wolltest. Erst nach einer Weile ließ meine Verkrampfung nach und ich konnte beginnen, diese unerwartete Eroberung zu genießen.

Irgendwann empfand ich sogar Lust – spürte eine neue Qualität in Deinem Vordringen und konnte mich endlich auf Deinen Rhythmus einlassen. Und zu meiner Überraschung begann es tief in mir gänzlich unerwartet zu Beben! Ich habe immer noch Dein leises Lachen im Ohr: Als Du mich näher an Dich zogst, an dem Halsband aus Leder, das ich zu Deinem Vergnügen tragen musste, als Du mein kleines, enges Arschloch so weit gedehnt hattest, dass Dein praller und harter Prügel zur Gänze in meinem Hintereingang verschwinden konnte – nachdem Du mich weich und widerstandslos gefickt hattest – trotz meiner Gegenwehr und den Schmerzensschreien – erst da begann ich, einen wollüstigen Spaß an dieser Art mich hinzugeben zu empfinden.

An dieser Stelle, Geliebter, lass Dir gesagt sein: Dein Schwanz ist groß! Vielleicht hättest Du mich vorher langsam dehnen sollen, mit etwas Kleinerem, Weicheren. Ein wenig mit der engen, jungfräulichen Haut meiner Rosette spielen, ein Öl benutzen, behutsam vorgehen. Nicht so wie Du es getan hast: Brutal, hart und rücksichtslos.

Doch am Ende hat es ja funktioniert. Möglicherweise war es gerade die Mischung aus Schmerz, Unterwerfung und Rücksichtslosigkeit, die mir dann einen weiteren Höhepunkt beschert hat? Irgendwann habe ich jedenfalls geschrien, so laut, dass man es auf dem Gang hören musste. Aber nicht mehr vor Schmerz. Du hast es einfach geschafft, mir einen dieser legendären, lang andauernden Orgasmen zu verschaffen, die einfach nicht aufhören wollen, wo eine Welle auf die andere folgt. Ich habe die Zeit vergessen, ich bestand am Ende nur aus Wollust und Hingabe.

Und ich schäme mich auch heute noch dafür, dass ich in diesen endlosen Augenblicken mein Wasser nicht habe halten können: Ich habe mich bepisst wie eine läufige Hündin! Dann lag ich zuckend vor Dir auf dem Bett, habe Dich gebeten, nein: Ich habe Dich angeschrien, weiter zu machen, das zu wiederholen, mich so zu ficken, wie Du es willst oder mich von jemandem ficken zu lassen, von einem oder zwei oder auch zehn Kerlen Deiner Wahl, oder von einem großen Hund oder einem Hengst oder was immer Du für geeignet hältst, meinem Arsch diese Wonne zu verschaffen, aber Du hast Dich nur vor mir auf das Bett gekniet, mir Deinen Schwanz zwischen die Lippen geschoben und Dich in meinem Mund befriedigt.

Ich musste mehr als einmal würgen, aber wieder hat es Dich kein bisschen interessiert. Als Du kamst, Dich in mir ergossen hast, habe ich so viel wie möglich brav geschluckt und Deinen Riesenschwanz anschließend sauber geleckt – und erfüllte damit einen wichtigen Teil unserer Vereinbarung.

Zu diesem Zeitpunkt war ich leider immer noch gefesselt, erinnerst Du Dich? Ich war Dir nicht nur ausgeliefert, ich hatte auch keine Möglichkeit, mich selbst zu berühren, dabei wäre für mich Vieles einfacher gewesen, wenn ich es mir hätte selbst machen können. Doch Du warst unerbittlich: Nachdem Du zwischen meinen Lippen abgespritzt hattest, bist Du ins Bad gegangen und hast Dich gereinigt. Ich lag in dieser Zeit bewegungslos auf Deinem Bett und kämpfte mit den Flammen, die zwischen meinen Beinen brannten.

Dann warst Du wieder da: Deine Finger fuhren in mich hinein und ich konnte gar nicht anders als Dir entgegenzudrängen: Ich hoffte darauf, dass Du mich noch einmal erschüttern, dass Du vielleicht eine weitere Öffnung finden würdest, in die Du mich zum Wahnsinn ficken kannst. Stattdessen schobst Du Deinen Schwanz in meinen Mund, obwohl er gar nicht hart war. Ich begann automatisch, Dich zu lecken, doch Du gabst mir zu verstehen, damit aufzuhören – ich war gefesselt und blind, aber nicht taub: Du hättest es mir auch einfach sagen können. Doch Du zogst es vor, es mir über meine empfindlichen Brustwarzen mitzuteilen!

Aber auch diesen spitzen Schmerz konnte ich auf gewisse Weise genießen. In dieser Phase unseres Zusammenseins jedenfalls, Geliebter. Eine Hand in meiner triefenden Möse, eine meiner Brustwarzen zwischen Daumen und Zeigefinger Deiner anderen Hand und Deinen Schwanz in meinem vor Schmerz und Erregung weit aufgerissenen Mund – und dann hast Du Dein Wasser laufen lassen. Im ersten Moment war ich entsetzt, habe mich versucht, abzuwenden, nachdem ich den Geschmack erkannt hatte, doch Du drängtest näher und ich hatte keine Möglichkeit mehr, auszuweichen. Somit habe ich mich bemüht, erneut alles zu schlucken. Ein wenig ist vorbei gegangen, es hat mir in den Augen gebrannt, während Deine Finger in meiner „Jungmädchen-Votze" - so hast Du sie in jener Nacht oft genannt – spielten immer wilder, und auch, wenn Du ab und zu nicht die richtigen Stellen getroffen hast, kam mein nächster Höhepunkt unweigerlich näher.

Und noch während ich mich aufgebäumt habe – sozusagen in Vorbereitung auf das Kommende – warst Du plötzlich über mir, hast kurz Hand an Dich gelegt um wieder steif und groß zu werden – und dann ist Dein erfahrener Altmännerschwanz mit Macht in meine Jungmädchenvotze eingedrungen und hat mit wenigen Stößen das vollendet, was sich tief in meinem Inneren angebahnt hatte.

Geliebter, es war nicht gespielt: Ich bin wahrhaftig kurz ohnmächtig geworden. Als ich wieder zu mir kam, hast Du mit meinen Brüsten gespielt, sanft und zärtlich. Und Du hast mich verliebt angesehen. Ich trug keine Augenbinde mehr und keine Fesseln, doch mir tat der ganze Körper weh und immer noch zuckte es in meinem Unterleib. Du bist dann wieder in mich eingedrungen, ohne jede Brutalität zwar, aber sehr egoistisch und sehr schnell, so als würdest Du Dich in meiner kleinen Möse selbst befriedigen. Du hast mich an der Hüfte umklammert und festgehalten, so dass ich mich nicht mehr bewegen konnte, aber Geliebter: Ich wäre nicht mehr in der Lage gewesen, mitzumachen. Jeder weitere Orgasmus hätte mich um den Verstand gebracht.

Nachdem Du Dich endlich in mir erleichtert hattest, wolltest Du nicht reden, ich habe das genau gespürt. Du warst müde, es war schon spät in jener Nacht damals. Wir lagen schweigend nebeneinander auf diesem riesigen Bett, dicht aneinandergedrängt, beinahe verschlungen und ich konnte nicht aufhören, Dich zu küssen. Es war eine große Suite gewesen, die Du für unser Treffen gebucht hattest, es war also naheliegend, dass Du nicht zu den Ärmsten gehörst. Dennoch wollte ich den Umschlag nicht annehmen, der die mit der Agentur vereinbarte Summe enthielt.

Weißt Du, Geliebter, im Grunde bist Du schuld daran, dass ich diese Tätigkeit zu meinem Hauptberuf gemacht habe: Ich habe die erste Nacht mit Dir so sehr genossen, dass ich heute bei jedem Kunden, der mich bucht, Ähnliches erwarte.

Leider ist das bisher nicht eingetreten – es gibt sehr viel mehr Männer, die kein bisschen sensibel oder einfühlsam sind als solche wie Dich. Oft erlebe ich die Hölle, zweimal schon musste ich die Polizei rufen. Aber ich gebe die Hoffnung nicht auf: Vielleicht treffen wir uns ja wieder, vielleicht bist es ja Du, der mich als Nächster bucht. Bis dahin, Geliebter, will ich die Zähne zusammenbeißen und alles ertragen, was mein Leben als Escort-Mädchen mit sich bringt – vielleicht sehen wir uns eines Nachts wieder.

Denn Du bist schuld, dass ich diesen Weg gewählt habe ...

Nur der Anblick

Du kniest vor mir. Ich stecke angenehm leicht in dir, du drückst den Rücken durch, reckst deinen prachtvollen Arsch in die Höhe, drängst mir entgegen und forderst wortlos mehr Bewegung. Ich spüre deine Nässe an meinen Schenkeln, es sickert fast aus dir heraus, fühle den sanften Druck deiner Pobacken an den Beinen, aber ich halte still.

Ich richte mich ein wenig auf: Dieser Anblick gefällt mir nicht, ich kann nicht sehen, worauf es mir ankommt, also muss ich deine Haltung korrigieren. Mit der Linken packe ich dein Haar – diese lange, wilde Mähne, an der ich dich so gut führen kann – winde sie mir einmal um die Hand und ziehe an.

Du keuchst kurz auf, doch dann neigst du den Kopf gehorsam zur Seite, ohne unseren Freund, der uns heute wieder einmal unterstützt, aus dem Mund zu verlieren. Mit der anderen Hand ergreife ich deinen rechten Unterarm und drehe ihn dir auf den Rücken, so dass auch dein Oberkörper in eine eher seitliche Haltung gezwungen wird.

Jetzt habe ich alles besser im Blick: Deine fest geschlossenen Augen, die bebenden Nasenflügel, deine anmutigen Wangen, den weit geöffneten Mund mit den sinnlichen Lippen, zwischen denen sein Schwanz verschwindet, die feine Linie deines Kinns, die sich den Hals hinab bis zum Kehlkopf fortsetzt und die eine genaue Beobachtung der Aktivitäten deiner Zunge erlaubt. In dieser Stellung bist du außerdem gezwungen, uns eine deiner Brüste entgegen zu recken und ich bedaure, dass ich keine Hand mehr frei habe.

Ich nicke ihm zu, deute mit den Augen auf das verlockende Angebot und er nimmt die Einladung ohne zu zögern an: Sein Daumen und sein Mittelfinger umschließen deine Brustwarze und kneifen etwas zu. Du bäumst dich auf und wir haben kurz Mühe, dich in Position zu halten, doch dann beginnt er mit tiefen und intensiven Stoßbewegungen. Ich kann das Vor- und Zurück seiner Eichel in deinem Mund, unter der Haut deiner Wange und selbst am Ansatz deines Halses erkennen.

Irgendwann nimmt er seine freie Hand zu Hilfe und fixiert damit deinen Kopf in der für ihn vorteilhaftesten Position. Er schließt die Augen und wird schneller, atmet schwerer und heftiger und ich spüre das Zucken der inneren Muskeln zwischen Deinen Beinen: Du forderst meinen Schwanz auf, endlich etwas zu tun und es fällt mir immer schwerer, dem nicht nachzugeben.

Dann endlich kommt unser gemeinsamer Freund. Ich sehe das Schlucken, dieses emsige, atemlose Auf- und ab deines Kehlkopfes, die feinen Sehnen entlang deines Halses spannen sich dabei an, dein Gesicht nimmt eine tiefrote Farbe an, ein langgezogenes Keuchen kommt aus deinem Mund, geht in einen erstickten Schrei über und gleichzeitig werden meine Oberschenkel in einem Schwall warmer, sämiger Flüssigkeit gebadet.

Augenblicklich entleere ich mich in Deiner feuchten Öffnung, in der ich schon so lange bewegungslos stecke – es ist allein dieser Anblick, der mir den schönsten aller Höhepunkte verschafft.

Saunageschichten: Die Profis

Das Mädchen an der Rezeption war professionell freundlich. Wie die Fahrt gewesen sei, wie es mir ginge – Empfangs-Blabla eben.

Sie lächelte nicht, sie grinste. Und nickte dauernd. Wenn ich eine Frage stellte, wenn ich ihr eine Antwort gab: Sie nickte grinsend oder grinste nickend. Helle Stimme, singend, nervend. Zudem war sie kein bisschen hübsch, sondern einfach nur schnöde und professionell. Ich hatte knapp sieben Stunden Autobahn hinter mir, war steifgesessen, missmutig, erschöpft.

Ich wollte auf mein Zimmer, hörte mir aber trotzdem geduldig die unvermeidlichen Belehrungen über die Essenszeiten und den WLAN-Zugang an. Ich grinste ebenfalls nickend. Am Ende dieses Rituals beugte ich mich über den Tresen und senkte die Stimme.

„Haben sie eine Sauna?"

Sie nickte grinsend.

„Oh ja! Und die ist schon eingeschaltet! Andere Gäste hatten sich bereits vor mehr als einer halben Stunde angemeldet!"

Ich konnte und wollte nicht verhindern, dass sich meine Züge verdüsterten.

„Andere Gäste?"

Sie nickte wieder, wagte es aber nicht mehr, zu grinsen. Ein Anflug von Ernst durchzog ihr äußerst belangloses, uninteressantes Gesicht. Offenbar war sie in der Lage zu erfassen, wie sehr man sich Ruhe wünschen kann nach fast achthundert Kilometern Autofahrt.

„Nun..."

Sie zögerte.

„Es sind junge Leute, die Beiden. Machen aber einen gesetzten Eindruck."

Sie sah mich kurz an, dann nickte sie wieder.

„Nein, die werden sie nicht stören, denke ich."

Ich konnte ein Seufzen nicht unterdrücken.

„Für wann haben sie sich angemeldet?"

Die junge Dame überlegte kurz.

„In einer halben Stunde, etwa. Aber die werden sie nicht stören, unsere Sauna ist groß. Drei auf vier Meter etwa, und wir haben einen tollen Ruheraum. Sie werden sie gar nicht bemerken ..."

Ich nahm die Schlüsselkarte, steckte sie in die Hemdtasche, ergriff den Koffer und ging zum Fahrstuhl.

„Angenehmen Aufenthalt"

schallte es professionell grinsend hinter mir her.

~

Im Zimmer hielt ich mich nicht lange auf. Ich zog mich aus, duschte kurz, warf den Bademantel, der seit Urzeiten zu meiner Standard-Ausrüstung gehört, über und fuhr mit dem Lift in den siebten Stock. In diesem kleinen Haus war das bereits das Penthouse-Level. Keine Zimmer, nur der Wellness-Bereich war hier oben angesiedelt. Mit der Keycard öffnete ich den Eingang.

Ich atmete tief ein: Chlor, Aufgussgeruch, Dampf, dann trat ich ein. Links die Umkleiden, die brauchte ich nicht, ich war ja schon umgezogen, bereit, den Bademantel auszuziehen, die Schlappen von den Füßen zu streifen und einzutreten in die entspannende Hitze einer möglichst leeren Saunakabine. Es ist immer ein immenser Zeitvorteil, wenn man auf dem Zimmer geduscht hat: kein langwieriges Ausziehen, Waschen und Abtrocknen vor Ort.

Ich suchte die Sauna. Nach einmal links und zweimal rechts stand ich vor der massiven Holztür. Nichts deutete darauf hin, dass ich nicht Erster war. Ich legte den Bademantel ab, hängte ihn an den Haken neben der Tür, ließ die Badeschlappen von den Füßen rutschen und trat nackt in die Kabine ein. Brüllende Hitze empfing mich. Niemand da. Gut, gewonnen, dachte ich. Ich drehte die einzige Sanduhr um, breitete das Handtuch aus, legte mich auf die oberste Bank und winkelte meine Beine an – die Beine, die Oberschenkel, die sollten als erstes heiß werden. Das meiste Blut befindet sich hier, und je schneller sich das erwärmt, desto besser gelingt der Saunagang.

Ich hasse es, wenn sich andere Gäste in der Sauna befinden und kein Platz mehr auf den oberen Bänken ist, oder wenn man sich nicht mehr trauen kann, sich lang hinzulegen. Doch dieses Mal war ich allein, der gesamte Platz stand mir zur Verfügung. *Die beiden anderen* waren noch nicht da. Sie mochten auf ihrem Zimmer sein, Duschen, sich unterhalten, es vielleicht sogar miteinander treiben, ich hatte das Wettrennen um die Sauna gewonnen!

Was hatte die junge Dame an der Rezeption gesagt?

„Die beiden machen einen gesetzten Eindruck."

Ich unterdrückte ein Grinsen. Wahrscheinlich handelte es sich um Menschen, die bereits mit Zwanzig Alt waren. Solche Provinztypen, die sich einmal im Jahr ein Wochenende in einem etwas besseren Hotel gönnen, ansonsten aber selten bis nie aus ihrem programmierten Leben ausbrechen konnten. Ich streckte mich. Ich war ein Vagabund, der viel herumkam und oft genug nicht bemerkte, was das Leben an Gelegenheiten bot, aber ich war noch nicht tot. *Die Beiden* aber taten mir fast leid: Den Kampf um die Sauna hatte ich gewonnen.

Die Tür ging auf und ein blasses, blutleeres Wesen – ganz offensichtlich weiblichen Geschlechts – trat ein und sah mich aus großen, erschrockenen Augen an.

„Ist hier etwa nackt?"

Sie klammerte sich an ihr Handtuch. Ich nickte ungerührt.

„Ja, hier ist nackt."

Sie musterte mich: Einmal von links nach rechts, dann von rechts nach links (ich lag auf dem Rücken, nur zur Erinnerung). Ihre großen, dummen Augen fuhren jeden Zentimeter meines Körpers ab, einmal hin und dann wieder zurück. In der Mitte meinte ich zu erkennen, dass ihr Köpfchen innehielt und dann nach oben ruckte. Endlich ließ sie ihr Stimmchen wieder ertönen.

„Nackt."

Sie klang frustriert, fast schon panisch. Doch sie atmete tief durch, ließ ihr Handtuch fallen und präsentierte sich in ihrer Gänze, als ob das so sein müsse. Sie hätte sich auch einfach irgendwo hinsetzen können und ihren dürren Körper mit dem Tuch verdecken. Offenbar war sie nicht nur blond und hell, sondern auch ein wenig schlicht. Ich betrachtete sie. Lange.

Sie war blass. Dünn, nein dürr. Weiße Haut, kaum Rundungen. Ihre Brüste waren mehr oder weniger erkennbar an den hellrosa Höfen. Sie schien sich zu schämen. Ich selbst bin ein heller Typ, auch nicht sonderlich fleischig, aber gegen sie wirkte ich regelrecht kräftig. Sie blickte sich unsicher um.

„Was ist das?"

Sie zeigte auf die Sanduhr an der Wand. Ich seufzte.

„Ein Zeitmesser. Mehr als fünfzehn oder zwanzig Minuten sollten sie nicht saunieren. Das Gerät gibt Ihnen einen Anhaltspunkt."

„Oh"

Sie lächelte. Sie hatte blonde Locken, dürftige Haare, wenig Volumen, alles in allem schien sie Mitte zwanzig zu sein, obwohl sie wie Zwölf aussah. Vorsichtig setzte sie sich auf die Bank direkt unter mir.

„Sie kennen sich aus, mein Herr, das ist gut. Zeigen sie mir bitte, wie das geht?"

Das lief in eine Richtung, die ich nicht geplant hatte. Am liebsten hätte ich sie rausgeekelt, aber ihre Bitte weckte meine Eitelkeit: Der Saunalehrer in mir wurde wach.

„Na gut, das will ich machen. Aber erstmal kommen sie hier hoch."

Ich rutschte zur Seite und deutete auf die oberste Stufe neben mir.

„Aber warum?"

Sie stand auf der zweiten Bank, die Arme in die Hüften gestemmt und ich konnte meinen Blick nicht von dem Flaum zwischen ihren Beinen abwenden. Auch dort war sie hellblond. Und äußerst dünnhaarig. Ihre Schamlippen waren hellrosa. Das ganze Wesen wirkte nach wie vor blutleer. Ich versuchte zu erkennen, ob sie rasiert war, doch im Halbdunkel der Sauna konnte ich das nicht eindeutig ausmachen. Vielleicht wucherten ihre Schamhaare wild und ungebändigt in einer unangemessenen Länge, vielleicht hatte sie sie aber auch in Form gebracht: Es war nicht zu erkennen. Mir wurde bewusst, dass ich viel zu lange auf diese delikate Stelle starrte, also atmete ich durch und reichte ihr meine Hand.

„Sie müssen ganz oben anfangen. Hier ist die Temperatur am höchsten. Hier wird ihr Blut am schnellsten warm. Heiß."

Ich sah sie zweifelnd an – möglicherweise floss da gar kein Blut durch ihre Venen: Ich hatte selten eine so weißhäutige Frau gesehen. Ach was: Frau – ein Mädchen! Ihre Brüste waren praktisch nicht vorhanden. Sie bestanden aus zwei sanften Hügelchen, die sich rings um diese aufdringlich rosa Brustwarzen erhoben und ihre Beckenknochen standen sichtbar hervor. Ich kniff die Augen zusammen und schüttelte den Kopf. Immerhin wirkte ihre Haut glatt und fest und die Sehnen zeichneten sich darunter ab. Diese junge Frau würde bekleidet an keiner Bar der Welt irgendeinen Kerl für sich begeistern können, doch so völlig nackt wirkte sie auf eine seltsame Art und Weise doch erregend.

Sie neigte ihren Kopf ein wenig zur Seite und ließ ein Lächeln über ihre schmalen und verkniffenen Lippen huschen. Dann ergriff sie meine Hand und nahm neben mir Platz.

„Wozu ist das gut?"

Ich registrierte nebenbei, dass sie ihren mageren Körper an den meinen lehnte und musste mich erneut räuspern.

„Ähm, am Anfang muss das Blut so schnell wie möglich heiß, also warm werden."

Meine Stimme klang fremd in meinen Ohren. Ich erinnerte mich an viele Gelegenheiten, bei denen ich Saunaneulingen erklärt hatte, worauf es ankam. Doch dieses Mal drückte sich das junge, farblose Mädchen mit einer Selbstverständlichkeit an mich, die völlig unschuldig erschien. Ihre spinnenartigen Finger krallten sich in meinen Oberschenkel, vertraulich, ja fast schon ungebührlich, ihr Rücken glänzte vor Schweiß und sie roch jung und sündig. Sie schob sich näher an mich heran und drehte ihren Kopf so, dass ihr frischer, lebendiger Atem direkt in mein Gesicht schlug.

„Mache ich das so richtig?"

Ich nickte kurz. Was sollte ich sagen? Sie klebte an mir. Und roch gut. Und jung. Dieser Moment forderte meine ganze Aufmerksamkeit, nie hätte ich später sagen können, was im Vorraum vor sich ging. Sie streckte sich wohlig und ich hielt sie mit beiden Händen im Arm. Dann fuhr ich mit meinen Fingern ihren Nacken hinab bis zur Hüfte. Die Zeit stand still.

„Zimmer Einhundertdrei?"

Ihre Bemerkung klang nicht nach einer Frage. Ich nickte nur. Ein kurzes Zucken ihres Bauches gab meinen Händen die Erlaubnis, weiter zu wandern. Sie stöhnte leise. Dann hatte ich ihre Zunge in meinem Mund. Es war ein kleines, wildes Spiel, es passte zu ihrer dürren Erscheinung. Irgendwann lag sie auf mir, rieb sich an mir. Die Hitze schien ihr egal zu sein, sie ignorierte den Schweiß auf meiner Haut und begann, unziemliche Dinge mit ihren dünnen Fingern zu tun.

Endlich senkte sich der faserige Lockenkopf über meine Körpermitte, der strenge Mund mit den blutleeren Lippen konnte erstaunlich viel Fleisch aufnehmen und erzeugte erstaunlich viel direktes Spüren, gegen das ich mich nicht mehr wehren konnte. Ich tastete nach ihren nicht vorhandenen Brüsten, während sie mir einen routinierten Blow-Job verpasste, wieder auf der zweiten Stufe kniend, über mich gebeugt und kein bisschen zurückhaltend.

Ich muss zugeben, dass ich mich redlich bemühte, die heiße Luft nicht allzu heftig einzuatmen, doch sie verstand ihr Fach: Neben dem geübten Einsatz ihrer Zunge steckte sie mir bald einen ihrer Finger in den Anus, der gezielt die

Stellen massierte, die meine baldige Ejakulation unvermeidlich machten. Ich erinnere mich daran, wie meine Lungen von der heißen Luft gebrannt hatten. Als ich wieder bei mir war, lachte sie leise und schluckte.

„Ich habe in dieser Hitze wenigstens etwas zu trinken gehabt."

Sie zwinkerte mir zu und huschte aus der Kabine. Ich lag auf dem Rücken und keuchte. Oh Gott, ich war im Mund dieses dürren Mädchens gekommen. Ich atmete schwer. Es dauerte eine Weile bis ich wieder Herr meiner Sinne war. Vor allem das Brennen in den Lungen hielt an, selbst nachdem ich die Sauna verlassen hatte. Ich schleppte mich auf mein Zimmer und legte mich auf das Bett.

~

Als ich wieder ich selbst war bemerkte ich, dass man mich ausgeraubt hatte. Bargeld und Kreditkarten fehlten in meiner Geldbörse. Ich ging zur Rezeption und meldete den Verlust. Dann ließ ich mich an der Bar nieder.

Zuerst kam sie. Sie setzte sich neben mich. Jetzt, in dieser aufreizenden Kleidung war sie gar nicht mal unattraktiv. Sie trug ein kurzes, leichtes Sommerkleid, eng geschnitten und sie wirkte fast frivol. Ihr Freund, der gleich nach ihr zu uns stieß, war ein breit gebauter, brutal aussehender Schönling aus irgendeinem südlichen Land. Er stellte sich auf die andere Seite neben mich.

„Hi, Mann. Wir haben Deine Kreditkarten und Dein Bargeld."

Er grinste nicht gerade, doch es lag etwas Frohes, Lebendiges in seinem Blick. Bevor ich antworten konnte, hielt er mir sein Smartphone vor die Augen.

„Schau her ... das bist doch Du, oder?"

Die Bilder zeigten mich in der Sauna und ihren Mund, in dem mein Glied steckte. Mein Gesicht war deutlich zu erkennen, auch wenn ich nicht gerade vorteilhaft getroffen war. Auf einigen Fotos sah allerdings sie ziemlich erregt aus, wie ich uneingeschränkt zugeben musste. Und ich war ebenfalls davon überrascht, wie brillant die Bilder waren. Moderne Technik eben. Ich sah ihn fragend an. Er hob die Schultern, umrundete mich und nahm die Kleine in den Arm.

„Das ist Doreen, sie ist mein einziges Pferdchen am Start.“

Er hatte nicht mal einen Akzent. Er sprach sauberstes Schriftdeutsch. Er legte etwas Kleingeld und zwei Fünfziger auf den Tresen.

„Du hast – wie die meisten – wenig Bargeld bei Dir, viel zu wenig. Doch da ist ja noch das Plastik!“

Grinsend fächerte er die EC-Karte, die VISA und die Amex in seiner Hand auf. Ich wollte danach greifen, doch er zog sie weg und entfernte sich einen Schritt. Dann schüttelte er den Kopf.

„Nono, Senor. Siehst Du, eine Nacht mit dieser prachtvollen ...“

Er suchte kurz nach dem richtigen Wort, schüttelte dann aber den Kopf und grinste mich an.

„Also, mit dieser prachtvollen Frau sollte Dir etwas mehr wert sein als zwei Fünfziger.“

Sie rutschte näher und streichelte meinen Hals. Ich wollte sie wegschieben, doch er hob kurz die Hand.

„Sch... nana. Sei nett zu ihr. Sie ist dann auch nett zu Dir. Geh jetzt zur Rezeption, lass Dir vierhundertfünfzig Euro auszahlen und dann kommst Du wieder hierher, gibst mir das Geld, und schon werden diese Fotos gelöscht.“

Ich räusperte mich.

„Und wenn ich das nicht tue?“

Ich spürte, dass ich nicht sonderlich energisch klang. Er zuckte die Schultern.

„Ich mache Abzüge, stecke sie in einen Briefumschlag, den ich an Deine Frau – äh, Jennifer, richtig? – adressiere. Anschrift hab ich hier ...“

Er deutete auf einen Zettel, den er zwischen Daumen und Zeigefinger hielt. Ich erhob mich und zog die Amex aus dem Fächer. Die Abrechnungen der American Express Card bekam meine Frau nicht zu Gesicht.

„Nein, ist nicht nötig, glaube ich. Jennifer wird diese Bilder nicht wirklich verstehen."

Er grinste und nickte heftig.

„Guter Mann!"

Als ich zurückkam, war Doreen verschwunden. Er sah mich erwartungsvoll an und ich gab ihm die Scheine. Er zählte sie, nickte dann und händigte mir den Rest meiner Karten aus. Dann legte er sein Smartphone auf den Tresen und ich sah ihm zu, wie er die siebzehn Bilder von mir und diesem mageren Mädchen markierte und anschließend löschte.

„Magst Du noch ein Bier? Ich lade Dich ein!"

Er lächelte. Ich konnte ihm fast nicht böse sein. Doch ich schüttelte den Kopf.

„Nee, lass mal. Mir reichts für heute."

„Versteh ich. Hasta Luego. Schöne Nacht noch, Amigo. Ach, und nicht sauer sein: Sind schwere Zeiten für unsereins."

Er setzte sich an die Bar und bestellte. Ich machte auf dem Absatz kehrt und schleppte mich zu meinem Zimmer. Vor der Tür stand Doreen. Sie sah mich erwartungsvoll an.

„Und? Hast Du bezahlt?"

Ich nickte nur und schob sie zu Seite. Ich steckte die Keycard in den Sensor und das hellblaue Licht wurde von einem leisen Summen begleitet. Sie drückte die Tür auf und schlüpfte hinein, bevor ich reagieren konnte. Ich schüttelte den Kopf.

„Hey, was soll das? Raus hier!"

Doch sie hatte sich ihres dünnen Sommerkleides bereits entledigt und stand splitternackt vor mir. Ihre Stimme wisperte mir entgegen.

„Du hast eine Nacht bezahlt, also bekommst Du sie auch."

Sie legte sich rücklings auf das Bett und spreizte ihre Beine. Ich sah mich um, doch die Tür hinter mir war schon zugefallen.

„Will Dein Freund noch einmal Fotos machen?"

Sie schüttelte den Kopf.

„Er ist nicht mein Freund, er ist … na, sagen wir, mein Geschäftspartner. Ich bin eine Professionelle. Er hilft mir, mein Geschäft zu machen. Und Du hast eben für eine Nacht bezahlt, also kriegst Du mich jetzt auch eine Nacht lang."

Mir gingen tausend Gründe durch den Kopf, die dagegen sprachen. Aber sie hatte in der Sauna bewiesen, dass sie ihren Job verstand. Und auch, wenn ich sie sicher nicht freiwillig ausgewählt hätte: Jetzt war sie hier, hatte ihren Lohn erhalten und lag für mich bereit. Wem würde es nützen, wenn ich sie wegschickte?

Außerdem roch sie gut, war jung und verstand ihr Fach, wie sie mir vorhin in der Sauna bewiesen hatte. Doch bevor ich mich zwischen ihre Beine legte, ergriff ich ihre Schultern und sah ihr in die Augen.

„Eins verstehe ich nicht: Ihr hättet doch viel mehr abzocken können. Ihr hattet mich doch schon?"

Sie lachte auf, entwand sich meinem Griff, erhob sich und stellte sich vor das große Bett, nackt, rosa, farblos, blutleer. Sie erinnerte mich an ihren ersten Auftritt in der Sauna vorhin: Ein wenig linkisch, nicht wirklich erotisch, aber doch auf ihre Art erregend. Sie stand da, die Hände in die Hüften gestemmt, etwas breitbeinig – und bei dieser Beleuchtung konnte ich genau erkennen, wie akribisch die lichten Härchen zwischen ihren Beinen gestutzt waren. Sie blickte an sich herab.

„Schau mich mal an: Glaubst Du, mir laufen die Freier in Scharen nach? Nee, ich entspreche nun mal nicht dem gängigen Schönheitsideal. Ich muss erst mal die Gelegenheit haben, Leistung zu zeigen, dann sind doch einige Typen bereit, etwas springen zu lassen. Und Enrique hilft mir einfach, mich erfolgreich zu verkaufen. Jetzt bist Du doch scharf auf mich, oder?"

Mit ihren letzten Worten hatte sie sich wieder über mich gelegt. Ich musste ihr recht geben: Inzwischen hatte ich Lust auf mehr und freute mich auf den Rest der Nacht. Obwohl ich ja ursprünglich nur eine ruhige Sauna genießen wollte.

Auch so eine Nacht

Gregorianische Gesänge dröhnen am Inneren meiner Schädeldecke entlang. Ultraviolettes Licht tanzt einen irren Tango auf meinen Netzhäuten. Die Animierdame, die mir beim Reinkommen die Jacke abgenommen hat, gebärdet sich inzwischen wie eine KZ-Aufseherin oder eine Äbtissin: Unentwegt nötigt sie mich zu einem neuen Drink. Und dazu, dass ich endlich eines der Mädchen einlade.

Ich weiß nicht mehr, welche Farbe die Pille hatte. Oder was sie gekostet hat. Ich hätte sie nicht nehmen sollen, schon gar nicht mit einem dieser billigen Bourbon-Whiskys, die nur zum Reinigen von Chromteilen taugen. Mein Magen feixt seit geraumer Zeit, mehrmals habe ich schon etwas fest-flüssiges diskret auf den teuren, geklöppelten Teppich gekotzt. Niemand hat es gesehen, aber es stinkt zu mit herauf. Ich kann hier nicht mehr lange sitzen bleiben.

Eben noch habe ich die Steuererklärungen von meinen Mandanten durchgesehen, gerade, vor wenigen Minuten. Dann kam Jerome ins Büro, unangemeldet, irre kichernd wie immer, der lebenslustige Rastafari, schob mir das Stück illegale Freiheit unter, ich schluckte, spülte nach und verließ den tristen Ort der Pflichterfüllung. Ich zog mit ihm in diesen Freizeit-Tempel, wo die barbusigen Ikonen der Körperkultur Männern den Himmel auf Erden bereiten - und er ließ mich sitzen, allein, inmitten all des Abschaums, des Auswurfs der Gesellschaft, zu deren Spitze ich mich immer noch zählte.

Aber die Pille besorgte den Abstieg. Ich lud ein Mädchen ein. Zuerst eins, dann sie und ihre Kollegin. Am Ende hingen fünf dieser bemitleidenswerten Geschöpfe um mich herum. Halbnackt, ihre Hände an meinen Weichteilen. Die Rechnung stieg ohne mein Wissen ins Astronomische. Sicher: Ihre Finger versorgten mich recht gut mit Streicheleinheiten, vielleicht hab ich auch einige Male in meine Unterhose ejakuliert, ohne es zu bemerken. Und mein Hemd bekotzt. Ach, gepisst werde ich auch haben. Ich hoffe, nicht noch Schlimmeres.

Am Ende haben sie mich auf die Straße geschmissen. Als ich kein Geld mehr hatte. Oder zu sehr gestunken hab. Da liege ich jetzt und lausche den gregorianischen Gesängen. Lächele wegen der ultravioletten Lichter.

Oder ist das nur ein schnöder Krankenwagen, der mich aufsammelt? Verdammt, welche Farbe hatte die Pille bloß?

Roboporn

„Und mich werden keinesfalls irgendwelche fremden Personen berühren oder gar in mich eindringen?"

Der junge, unrasierte Mann, der Mia gegenüber saß, schüttelte bedächtig den Kopf. Er trug eine ziemlich unmoderne Hornbrille und einen weißen Kittel, der mit Lebensmittelflecken verschiedenster Art übersät war: Kaffee, Ketchup, Ei oder Senf, Rotwein und andere Spuren vergangener Genüsse, die Mia nicht endgültig entschlüsseln konnte. Sie wusste immer noch nicht, was sie von diesem Institut halten sollte – der Typ, der ihr gegenüber saß und sich als Leo vorgestellt hatte, führte eine Art Interview und wollte jede Menge intimer Details von ihr wissen. Er war höflich, aber spröde, zudem wirkte sein Äußeres insgesamt schlampig und ungepflegt.

Dabei hatte die Anzeige durchaus seriös geklungen:

Mittelständisches Unternehmen aus der Unterhaltungsindustrie sucht professionelle Darstellerinnen mit ausgeprägten exhibitionistischen Neigungen zur Produktion völlig neuartiger, High-Class FSK-18-Clips. Attraktives Vergütungsmodell. Bei Interesse Casting-Termine per Tel. erfragen...

Auch das Telefonat hatte ihr Mut gemacht: Offenbar handelte es sich nicht um eine der üblichen Porno-Produktionen, wenngleich angedeutet worden war, dass es um die Darstellung sexueller Handlungen ging, allerdings gäbe es am Set viele Zuschauer und davon dürfe man sich nicht ablenken lassen. Zudem sei ein gewisses Talent zur Schauspielerei vonnöten und eine äußere Attraktivität unabdingbar.

Mia hatte über diese Anforderungen nicht lange nachgedacht und schnell einen Termin zur Vorsprache vereinbart. Sie sah gut aus, dessen war sie sich sicher. Mit ihren vierundzwanzig Jahren und dem gezielten Fitness-Programm, das sie seit vielen Monaten eisern durchhielt, näherte sie sich inzwischen Model-Maßen: Lange schlanke Beine, eine Wespentaille, ein knackiger, aber dennoch weiblicher Po, der flache, effektiv trainierte Bauch, ihr filigraner

Oberkörper mit den beiden nicht zu üppigen, aber keck und aufreizend hervorstehenden Brüsten – die symmetrisch gewachsen und naturbelassen ihr ganzer Stolz waren – die grazilen Arme, der schlanke Hals – alles in allem konnte sie sich sehen lassen. Sicher, ihre Nase gefiel ihr nicht (die war einfach zu groß) und die nichtssagende Farbe ihrer mittelblonden Mähne peppte sie regelmäßig mit Haartönungen auf, aber das waren in ihren Augen unbedeutende Nebensächlichkeiten – bei dieser Art von Film würde ihr Körper und nicht ihr Kopf im Mittelpunkt des Interesses stehen.

Überdies hatte sie auf der Schauspielschule, die sie seit mehr als einem Jahr besuchte, gelernt, nicht nur durch ihr Äußeres, sondern ebenfalls durch ihren Auftritt zu wirken, und diesbezüglich gehörte sie zu den eher erfolgreichen Schülerinnen. Sie war hübsch genug für diese Welt, ihr einziges Problem bestand nur darin, dass sie noch keinen Gönner gefunden hatte, der bereit war, ihren anspruchsvollen Lebensstil zu finanzieren – ein Umstand, der sie immer wieder dazu zwang, selbst für ihren Unterhalt zu sorgen.

In dieser Hinsicht hatte sie bereits einiges ausprobiert: Regalauffüllerin in einem Lebensmittelgeschäft, Verkauf von Versicherungen, Aushilfe an einer Tankstelle, Sekretariatsarbeit in Teilzeit, Bedienung in einem Restaurant, doch all diese Jobs bargen zu viele Beschwerlichkeiten für Mia – entweder passten die Arbeitszeiten nicht oder die Tätigkeit war zu anstrengend oder die Entlohnung zu gering oder sie kam mit den Vorgesetzten nicht klar.

Natürlich hatte sie bereits einen Blick in die Erotikbranche geworfen. Sie hatte gedacht, dass ihre ausgeprägte Neigung, sich vor anderen Menschen nackt und am liebsten beim Akt zu präsentieren, dabei hilfreich sein könnte, aber sie hatte lediglich gelernt, dass man diese Vorliebe „exhibionistisch" nannte – ein Wort, dass sie nie im Leben aussprechen lernen würde. Sie selbst sagte lieber „zeigefreudig", weil sie mit Fremdwörtern auf dem Kriegsfuß stand, aber eben diese Neigung hatte ihr am Ende doch nichts genützt.

Während sie es sich mit Wonne vor möglichst vielen Zuschauern selbst besorgte – gerne auch einige Male hintereinander – sank ihr Erregungslevel auf unter Null, sobald ihr jemand zu nahe kam. Oder ihren kostbaren Körper zu berühren versuchte. Oder gar in eine ihrer Öffnungen eindringen wollte!

Aus diesem Grund war ihr Ausflug in das Porno- und Begleitservice-Milieu von kurzer Dauer gewesen, die teilweise üppigen Honorare, die ihr angeboten worden waren hatten sie nicht dazu bewegen können, ihre Abscheu vor Körperkontakt mit Fremden zu überwinden.

Und daher war ihre Hoffnung groß, das aktuell laufende Casting zu bestehen, denn wie Leo ja soeben bestätigt hatte würden bei den Aufnahmen keine anderen Personen ins Spiel kommen. Zudem bestand offenbar die Chance, allein durch das Ausleben ihrer Zeigefreudigkeit viel Geld verdienen zu können. Allerdings wollte sie nicht wieder den falschen Job annehmen, deshalb richtete sie eine weitere Frage an den ungepflegten Brillenträger namens Leo, der ihr an diesem schlichten Bürotisch gegenüber saß.

„Pro Drehtag eintausend Euro – da gibt es doch sicher einen Haken?"

Der junge Mann spitzte die Lippen und klopfte mit seinem Kugelschreiber auf das Klemmbrett, das er in der Armbeuge hielt. Dann rang er sich zu einer Antwort durch.

„Es ist viel Computerkram dabei, der betreut werden muss. Daher dauert es manchmal länger und ist nervig. Außerdem haben die Maschinen ab und zu Macken – also nichts Gefährliches, aber lästig kann es werden. Und Du musst die gesamte Zeit nackt bleiben, während da jede Menge Crewmitglieder herumlaufen – das darf Dich nicht stören."

Sie leckte sich über die Lippen und nickte.

„Oh, das ist kein Problem."

„Ja, aber viele wollen das nicht. Deshalb der hohe Tagessatz."

Er deutete mit seinem Schreibgerät auf sie.

„Mit den Fragen bin ich durch. Nun zieh Dich mal aus."

Sie zog eine Augenbraue hoch, beeilte sich dann aber, ihr freundlichstes Lächeln aufzusetzen. Sie erhob sich, schlüpfte schnell aus Rock und Bluse, wandte ihm dann ihren Rücken zu und atmete tief durch. Sie wollte diesen Job unbedingt, das war ihr soeben restlos klar geworden. Also löste sie den Haken ihres schwarzen BHs mit spitzen Fingern in irritierender Langsamkeit, warf dabei einen lasziven Blick rückwärts, öffnete den Verschluss, strich sich die Träger mit sanften, beinahe zärtlichen Bewegungen über die Schultern, zwinkerte Leo zu, der sie mit offenem Mund anstarrte, ließ den BH zu Boden gleiten, bedeckte ihre Brüste mit gekreuzten Händen und drehte sich auf einem Fuß in einer fast tänzerisch anmutenden Bewegung um, nicht ohne sich zuvor mit der Zunge über die Lippen gefahren zu sein.

Der junge Mann, der sich bisher an dem Klemmbrett festgehalten hatte, nahm die Brille ab und beugte sich vor. Mia konnte beinahe riechen, welche Regungen ihr Auftritt in ihm auslöste – wenn ihm demnächst seine Zunge aus dem weit geöffneten Mund heraushängen würde, wäre sie nicht überrascht gewesen. Sie lächelte und fuhr mit ihren Händen langsam an ihrer Taille herab, während sie rhythmisch die Hüften wiegte. Als ihre Finger die seitlichen Verschlüsse ihres Slips erreicht hatten, setzte sie die Füße etwa schulterbreit auseinander und streckte ihre langen Beine durch. Ihr Oberkörper verlagerte sich nach vorn, sie neigte den Kopf ein wenig zur Seite und ließ ihre Zunge genüsslich über die ebenmäßigen Vorderzähne gleiten.

Leo röchelte kurz. Sie grinste. Dann öffnete sie Seitenverschlüsse ihres dezenten Höschens und ließ es fallen. Anschließend umfasste sie ihre Hüfte auf jeder Seite mit Daumen und Zeigefinger und schob ihren Unterkörper ruckartig nach vorn. Leo stieß die Luft aus und wich zurück – doch er konnte den Blick nicht von dem schmalen, sauber gestutzten Haarstreifen lassen, der wie ein Richtungsweiser auf ihren Schritt deutete.

„Noch mehr?"

Ihre Stimme klang rau und ein ansatzweise verrucht. Die wenigen Nächte in dem Striplokal sowie der Schauspielunterricht hatten sie bestens auf

Situationen wie diese vorbereitet. Bevor der junge Mann mit dem Klemmbrett antworten konnte, musste er sich mehrfach räuspern.

„Nein, nein, ist gut. Alles gut."

Mia nickte grinsend. Dann stellte sie eines ihrer Beine auf die Sitzfläche des Stuhles, auf dem sie eben gesessen hatte. Leo hustete, als ob er sich verschluckt hätte und starrte fasziniert auf ihre rosige und unbehaarte Haut, auf die er jetzt freie Sicht hatte. Er war so gefangen von dem Anblick, dass er zunächst nicht wahrnahm, wie sich Mias Gesichtsausdruck veränderte: Ihr Blick wurde trüb, die Lider sanken herab und das Spiel ihrer Zunge auf ihren Lippen wurde schneller und aufgeregter.

Erst als ihre rechte Hand zwischen ihre Beine fuhr und damit in sein Blickfeld geriet, erst als einer ihrer Finger in der zarten Öffnung zwischen ihren Schenkeln verschwand, sie sich aufbäumte und ein gutturales Keuchen von sich gab, schien er wie aus einer Starre zu erwachen: Er warf das Klemmbrett auf den Tisch, stöhnte vernehmlich und lehnte sich zurück, um dieses einmalige Schauspiel, das direkt vor seinen Augen stattfand, mit voller Aufmerksamkeit zu genießen.

Als Mia kam, zuckte ihr Körper in der ihr so eigenen Art, sie keuchte immer lauter und spitzte die Lippen, während sich aus ihrer Kehle ein auf- und abschwellendes Heulen löste, das an den Brunftschrei eines Tieres erinnerte. Endlich legte sie ihren Kopf in den Nacken, riss den Mund weit auf und stieß einen unterdrückten Schrei aus: Sie schien zu ahnen, wie dünn die Wände des kleinen Büros waren, in dem diese Vorstellung stattfand. Anschließend ließ sie sich schwer atmend auf dem Stuhl nieder. Es dauerte eine Weile, bis sie ihren Blick heben und Leo ansehen konnte. Ihre Stimme klang ein wenig träge.

„Nun? Habe ich den Job?"

~

Der erste Drehtag sollte am darauffolgenden Mittwoch um zehn Uhr vormittags beginnen. Mia stand schon eine halbe Stunde früher vor dem Tor einer alten Fabrikhalle, deren Adresse man ihr als Drehort genannt hatte. Zunächst

– so hatte es in dem freundlichen Anschreiben, mit dem man ihr mitgeteilt hatte, dass man sie durchaus als Darstellerin unter Vertrag zu nehmen gedenke – wolle man einige Probeaufnahmen machen, vor allem zur Justierung der Technik. Man arbeite eben mit einer komplexen High-Tech-Ausstattung – anders als üblich in der Branche – daher sei das unabdingbar. Aus diesem Grund würde man sie am ersten Tag auch nicht länger als vier oder fünf Stunden benötigen, woraus sich ergab, dass nur der halbe Tagessatz gezahlt werde. Erst nach Auswertung der Aufnahmen würde man abschließend darüber entscheiden, ob man Mia einen dauerhaften Darstellervertrag anbieten wolle. Mit freundlichen Grüßen, und so weiter und so weiter.

Mia war aufgeregt, unterdrückte aber den Impuls, an das stählerne Tor zu klopfen. Leo – der ungepflegte Brillenträger vom Casting – hatte ihr noch jede Menge Einzelheiten erzählt. Durch diese neue Technik – Moschnketchup oder so ähnlich – würde man sogar ihre Gesichtszüge verfälschen können, so dass sie auch bei wiederholten Auftritten in den Filmchen von niemandem erkannt werden könne, selbst wenn sie eine erfolgreiche Darstellerin wäre und täglich tausende User ihre Produktionen anklickten (Sie hoffte insgeheim natürlich, dass die Techniker auf jeden Fall ihre Nase ein wenig kleiner aussehen lassen würden. Aber wenn sie diesen Job ein paar Wochen machte, hätte sie schon bald selbst genügend Geld für die dringend notwendige Operation zusammen).

Sie würde Sex haben, hatte ihr Leo erklärt, aber nicht mit anderen Menschen, sondern mit eigens dafür konstruierten Maschinen. „Morfobots" hatte der junge Mann diese genannt, „das sind so eine Art lebensgroße Vibrator-Gestelle, die aussehen wie der Terminator ohne Fleisch", hatte er lachend hinzugefügt.

Mia hatte sich zuhause sofort schlau machen wollen, wer oder was dieser ominöse „Töminetta" war, aber im gesamten Internet war nichts darüber zu finden gewesen. Vielleicht handelte es sich ja auch einfach um so eine Art Fachausdruck der Firma Roboporn, in deren Auftrag Leo das Casting durchgeführt hatte. Nun, sie würde sich überraschen lassen – so lange sie mit keinem Menschen Geschlechtsverkehr vor der Kamera haben musste, war alles in Ordnung. Und wenn sie ehrlich zu sich selbst war, wurde ihr Höschen allein bei dem

Gedanken daran feucht, es sich vor den Augen der anwesenden Techniker von einer Vibrator-Maschine besorgen zu lassen – ganz egal, wie man die nannte.

Sie sah auf die Uhr: Zehn vor Zehn. Jetzt sollte sie langsam anklopfen. Bevor sie jedoch die Hand heben konnte, ertönte ein leises Summen und das dunkelblau lackierte Metalltor begann, sich von ganz allein zu öffnen.

~

Mia verstand bald, warum die Arbeit bei Roboporn so anstrengend war. Es lag nicht an den Umgebungsbedingungen: Die Halle war gut geheizt, hervorragend ausgeleuchtet, angenehm belüftet, es stank nicht – im Gegenteil, ein anregender, sanfter Duft hing in der Luft – Getränke und Snacks standen in ausreichender Menge und bester Qualität bereit, die Mitarbeiter waren gepflegt und zuvorkommend und auch die Technik schien äußerst zuverlässig zu sein – abgesehen von den Morfobots. Diese beweglichen, mit Lämpchen, Sensoren und Motoren gespickten Edelstahlgestelle waren der Quell allen Übels.

Seit drei Stunden quälten diese Dinger sie und Mia meinte, sie müsse schier verrückt werden. Sie hatte aufgehört zu zählen, wie oft eine der Maschinen sie bis an den Rand des Höhepunktes gebracht hatte, nur um dann im entscheidenden Moment den Rhythmus zu ändern, zu hart zuzustoßen, zu sanft zu werden oder komplett auszufallen.

Ihr nackter Körper glänzte vor Schweiß und sie war erschöpft, doch in ihrem Unterleib rumorte es gewaltig. Wenn die Techniker es nicht bald schafften, diese Geräte richtig einzustellen, würde sie in einer der zahlreichen und sauberen Toiletten verschwinden um endlich zu vollenden, was die Morfobots so viele Male begonnen hatten.

Oder sie würde es sich gleich hier, am Getränketresen – vor den Augen aller Anwesenden – besorgen. Dies war sowieso ihre bevorzugte Passion, doch bevor sie den Gedanken in die Tat umsetzen konnte, kam einer der Mitarbeiter, der sich als Tom vorgestellt hatte und hier offenbar der Leiter der Mannschaft war, winkend auf sie zu.

„Wir stellen jetzt auf manuelle Steuerung um, Mia, die Programme sind noch nicht so weit. Ich habe da einen Mitarbeiter, den Ralf, der ist nicht ungeschickt als Operator. Wir müssen endlich brauchbares Material produzieren. Trink aus und komm mit – jetzt geht es rund."

Er klatschte in die Hände, nahm ihr das Glas aus der Hand, stellte es auf den Tresen und zog sie mit sich. Mia seufzte und folgte dem Mann. Als sie am Set ankamen, hatte sich im Grunde nichts verändert: Im Hintergrund leuchtete die grüne Leinwand, die Operatoren – sieben an der Zahl – saßen vor ihren Kontrollen, die Filmcrew – der Regisseur, zwei Beleuchter, ein Toningenieur, ein Strip-Girl (das komischerweise immer angezogen war) und ein weiteres Mädchen mit dem seltsamen Namen Konti-Nutti sowie die drei Kameramänner – standen bereit und die sechs, in einen dezenten graublauen Overall gekleideten Techniker fummelten an dem Ungetüm von Morfobot herum, der zuletzt vergeblich versucht hatte, sie zu beglücken.

Rein optisch konnte die Maschine einem schon Angst machen: Sie bestand vorwiegend aus Edelmetallstangen, die mit Gelenken verbunden waren – sie sah fast aus wie ein Roboter aus einem dieser lächerlichen Seins-Fickchen-Filme, die Mia überhaupt nicht mochte (zumal es in solchen Filmen weder ums Ficken noch ums Fickchen ging).

In den meisten Gelenken des Metallgestells befanden sich kleine Elektromotoren, mit denen die Bewegungen erzeugt wurden, so auch das Vor- und Zurück der Hüfte. An der Stelle, an der sich bei einem Mann der Penis befand, verfügte der Morfobot über einen dünnen und vibrierenden Stößel, an den unterschiedlich große Dildo-Aufsätze angebracht werden konnten (bei Drehbeginn hatte die Crew allein eine volle Stunde benötigt, um den für Mia optimalen passenden Aufsatz zu finden – allein das waren mindestens drei verhinderte Höhepunkte gewesen).

Weiterhin waren überall am „Körper" des Morfobot kleine Leuchtdioden befestigt. Sie dienten dazu, seine Bewegungen auf den Computer zu übertragen, um damit das Moschnketchup machen zu können, so hatte es ihr jedenfalls Tom erklärt. Mia hatte daraufhin wissen wollen, warum diese kleinen Lichter nicht auch auf ihre Haut geklebt wurden. Der Leiter der Techniker-Crew hatte nur gegrinst und ihr geantwortet, dass man sie ja genau aus dem Grund gebucht habe, um sie nicht per Moschnketchup generieren zu müssen, sondern sie „als Realperson" darstellen zu können. Dies sei wichtig, weil die meisten Kunden eben echte Frauen sehen wollten. Mia hatte nur die Schultern gezuckt und „Aha" gesagt – sollten die doch mit ihren Computern machen, was sie wollten, Hauptsache, sie bekam später ihr Geld und in Kürze endlich ihren längst überfälligen Orgasmus.

Einer der Techniker – ein schlanker, blonder Hüne mit Vollbart – trat lächelnd auf sie zu und reichte ihr die Hand.

„Hallo, hübsche Frau – Ralf. Ich werde das Ding jetzt manuell steuern, so dass Du endlich auf Deine Kosten kommst."

Sie ergriff seine Hand und nickte ihm freundlich zu.

„Hallo Manuel! Wieso wird das denn jetzt was kosten? Ich dachte, ich bekomme nachher Geld dafür..."

Der Mann wandte sich zu seinem Chef um, doch Tom schüttelte nur kurz den Kopf und tippte sich mit einem Finger an die Stirn. Dann winkte er Mia heran.

„Schon gut, komm her und geh wieder in Position. Ralf – an die Controls."

Er gab dem Kamerateam ein Zeichen und die Männer beendeten ihren Smalltalk. Auch der Regisseur wurde aufmerksam und kam näher. Mia kniete sich hin, das Mädchen namens Konti-Nutti kam herbei, verglich ihre Stellung mit einem Foto, dass sie sich auf einem Tablet anzeigen ließ und korrigierte Mias Arm- und Beinhaltung mehrfach. Endlich trat Konti-Nutti zurück und machte das Daumen-Hoch-Zeichen.

„Und Action!"

Die Stimme des Regisseurs donnerte durch die Halle. Der Morfobot fing an zu surren, seine Arme bewegten sich auf Mias Rücken zu, seine Hüfte schob sich vor, der Dildo-Aufsatz drang vibrierend in sie ein und sie konnte ein langgezogenes „Ahhh" nicht unterdrücken. Größe und Form der verwendeten Penis-

Attrappe passten einfach zu gut. Sie spürte, wie ihre Erregung schnell wieder da war, dieses Mal machte das Metallgestell seine Sache richtig. Härte und Tiefe der Stöße waren optimal, die Vibration störte nicht mehr und auch der Rhythmus lag genau in dem Bereich, der sie mit jedem Eindringen näher an ihren Höhepunkt brachte.

„Ralf, sie kommt zu schnell – halt Dich jetzt ein bisschen zurück!"

Enttäuscht registrierte Mia, dass die Stöße wieder sanfter und vorsichtiger wurden. Sie wollte schon vor Wut aufschreien, aber sie besann sich eines Besseren: Sie richtete ihren Oberkörper leicht auf, fuhr sich mit der rechten Hand zwischen die Beine und drängte dem Morfobot entgegen. Dieser schien sich hinter ihrem Rücken aufzurichten und sie nunmehr auf zwei Beinen stehend zu ficken. Wie es aussah, wedelte er mit seinen Armen auf und ab, Mia konnte den Luftzug spüren. Die beiden auf Schwenklafetten montierten Kameras kamen näher, nahmen sie aus verschiedenen Winkeln auf und der Mann mit der Handycam veränderte ebenfalls seine Position.

„Jetzt gib Gas, Ralf – das sieht sehr, sehr gut aus! Rape-Modus: Stoß ihr den Verstand raus!"

Der Morfobot umschloss mit seinen Greifern Mias Handgelenke und zog ihr die Arme über den Kopf, so dass sich ganz aufrichten und ihren Körper in voller Pracht präsentieren musste. Gleichzeitig bewegte er sich näher an sie heran und erhöhte die Kraft seiner Stöße – sie wurde von ihm förmlich aufgespießt. Jede Hüftbewegung der Maschine, die nun schneller und intensiver wurden, warf sie hoch, ihre Brüste hüpften dabei leicht, die Kameras surrten und versuchten jede mögliche Perspektive einzufangen, dann legte sie den Kopf in den Nacken, riss ihren Mund auf und ließ ihr typisches Heulen hören.

Ihr Orgasmus kam heftig und dauerte lange. Sie hing zappeln in den Handgreifern der Maschine, die Arme über dem Kopf fixiert, saß regelrecht auf dem künstlichen Penis, der bis zum Anschlag in ihr steckte und wippte auf Zehenspitzen auf und ab. Zwischendurch schaltete der Morfobot die Vibration ein und stieß wieder zu, so dass sie kurzzeitig den Bodenkontakt verlor – sie quittierte das mit einem weiteren, wilden Schrei. Ihre nackte Haut begann vor

Schweiß zu glänzen, ihr Schreien wurde zu einem Keuchen, ihr ganzer Körper wand sich wie in Ekstase und endlich – es schienen inzwischen Minuten vergangen zu sein – riss sie die Augen auf und schüttelte den Kopf.

„Aufhörn, aufhörn, bitte..."

Ihre Stimme war nur ein Hauch. Der Morfobot ließ sie nach vorn auf die Knie gleiten und gab ihre Handgelenke frei. Ihr Kopf sank auf den Boden, doch die Maschine richtete sich hinter ihr auf, hob ihren Po an und drang mit einem kräftigen Stoss in sie ein, zog sie an sich und fickte sie dermaßen, dass sie sich nach kurzer Zeit aufrichtete, ihr verzerrtes Gesicht zur Decke reckte und den nächsten Höhepunkt hinausschrie.

„Cut! Es ist im Kasten! Pause!"

Die Stimme des Regisseurs hörte sie schon nicht mehr – ein wohltuender Blackout ließ sie zu Boden sinken und erlaubte ihr, sich von den Strapazen der vergangenen Stunden erholen.

~

„Tja, wir würden Dich sehr gern unter Vertrag nehmen, Mia. Die Probeaufnahmen waren ja wirklich sehr, sehr anregend. Du musst nur noch hier unterschreiben, den üblichen Kram: Freigabe aller Verwertungsrechte, Verzicht auf Einspruchsrecht, festes Honorar pro Drehtag, also hast Du Deine Schäfchen im Trockenen – alles in diesem Vertrag geregelt. Was sagst Du?"

Der nobel gekleidete Mann auf der anderen Seite des edlen Mahagoni-Tisches – der sich als „Frank, Chef von's Ganze" vorgestellt hatte – schob den Stapel Papier zu ihr hinüber und nickte ihr aufmunternd zu. Mia lächelte und warf einen zweifelnden Blick auf die erste Seite. Sie blickte auf und sah die vier anderen Herren in den dunklen, adretten Anzügen an, die neben dem sitzenden Manager standen.

„Ich fürchte, damit kenne ich mich nicht so gut aus. Was steht denn alles da drin?"

Der am weitesten links stehende Mann beugte sich ein wenig vor.

„Dass Du für jeden Drehtag zweitausend Euro bekommst, Mia. Jedes Mal. Und dass wir Dich für vierzig Drehtage fest verpflichten."

„Ui, das sind ja mehr als …"

Sie rechnete im Kopf nach und runzelte die Stirn. Nach einer Weile räusperte sich der sitzende Mann.

„Achtzigtausend Euro, Mia. Das sind achtzigtausend Euro. Sicheres Geld, saubere Arbeit. Den Rest machen wir. Unterschreiben auf der letzten Seite, das ist alles – allerdings vorher …"

„Achtzigtausend …"

Sie riss die Augen auf und ihre Stimme war voller Ehrfurcht. Dann straffte sich ihre Gestalt und sie blickte die Männer nacheinander an.

„Was vorher? Gibt es noch eine Bedingung? Wenn ja, heraus damit!"

Frank atmete tief durch und blickte sich kurz zu den anderen Männern im feudal eingerichteten Büro um. Dann nickte er kurz und grinste.

„Tja, es ist so: Vor der endgültigen Unterschrift müssen wir Herren hier von der Geschäftsführung Dich life sehen."

Sie sah ihn fragend an.

„Leif? Den kenne ich nicht. Ist das einer der Techniker?"

Wieder beugte sich der am weitesten links stehende Mann vor. Er hatte eine tiefe, vertrauenerweckende Stimme.

„Nun, Mia, Du sollst uns allen hier bitte Deine Kunst zeigen. Du weißt schon: Mach Dich nackt und dann mach´s Dir selbst."

Ihr Gesicht hellte sich auf und sie atmete hörbar aus.

„Ach so. Und ich dachte schon, es gibt noch eine Bedingung."

~

Als Mia an diesem Abend nach Hause kam, war sie bester Laune. Sie hatte den Herren vom Management der Firma Roboporn nicht ein, sondern drei Aufführungen geliefert. Die Erste wie gewohnt: Sie, nackt und im Stehen, ein Bein auf dem Stuhl und die Finger in sich, bis sie geheult und geschrien hatte. Die Zweite war schon etwas verwegener gewesen: Da hatte sie sich rücklings auf den großen Mahagoni-Tisch gelegt, die Beine gespreizt und die Herren von ganz nah zusehen lassen. Beim dritten Mal lag ihr Oberkörper auf dem Schoß vom sitzenden Frank und der Mann mit der angenehm tiefen Stimme – den Mia irgendwie von Anfang an gemocht hatte – durfte sie mit den Händen berühren, während sie es sich machte. Da sie von diesem Teil besonders angetan gewesen war, hatte sie ihren Orgasmus lange hinausgezögert, mit der Folge, dass sie außergewöhnlich heftig gekommen war. Anschließend hatte sie den Vertrag unterschrieben und von Frank eine DVD in die Hand gedrückt bekommen.

„Hier sind die fertigen Probeaufnahmen. Damit Du mal mitkriegst, wie Dich von nun alle Welt im Internet sehen wird."

Am Ende war sie von allen Anwesenden umarmt worden, alle hatten ihre Hand geschüttelt und ihre Freude über die zukünftige Zusammenarbeit ausgedrückt. Der Mann mit der tiefen Stimme – der der Rechtsanwalt der Firma Roboporn war – hatte ihr draußen im Gang sogar seine Visitenkarte mit den Worten zugesteckt „Ruf mich mal an, wenn Du Fragen hast. Und wenn nicht, können wir morgen Abend ja zusammen Essen gehen."

Mia fühlte sich rundum wohl. Auf einen solchen Job hatte sie insgeheim gewartet, ohne zu wissen, dass es ihn gab. Sie schob die DVD in das Abspielgerät – das sonderbarerweise von vielen Menschen „Pleja" genannt wurde – und schaltete den Fernseher ein. Nach kurzer Zeit war eine junge, rothaarige Frau auf dem Bildschirm zu sehen, in voller Pracht und nackt, auf dem Boden kniend. Zunächst dachte Mia, dass es sich um ihre Aufnahmen handeln würden, denn außer der zu kleinen Nase meinte sie, sich selbst wiederzuerkennen.

Allerdings wurde Darstellerin, die eine frappierende Ähnlichkeit mit ihr hatte, in der ersten Sequenz, die über den Bildschirm flimmerte, nicht von einem Metallgestell, sondern von einem fast zwei Meter großen Braunbären hergenommen. Das wilde Tier klammerte sich mit seinen Tatzen an die Hüfte der attraktiven Rothaarigen und stieß sie mit solcher Finesse, dass die junge Frau offenbar in höchste Ekstase geriet und sich ganz erkennbar ihrem Orgasmus näherte.

Mia hielt sich die Hand vor den Mund: Was, wenn dieses Raubtier jetzt Hunger bekam? Es nahm sich schon sichtbar zurück und wurde zaghafter, was aber nur dazu führte, dass sich die Frau wütend aufbäumte und mit einer Hand zwischen ihre Beine fuhr, wohl, um es sich selbst zu machen. Trotz der abwegigen Szene, die auf dem Monitor ablief, nickte Mia: Sie kannte diese Form der Erregung ebenfalls, diesen Punkt, an dem man einfach nur noch kommen will und dann mit der eigenen Hand selbst nachhilft.

Der Bär schien aber mit dem Ansinnen der jungen Frau nicht einverstanden zu sein: Er beugte sich vor, schnappte ihre Handgelenke, riss sie hoch und spießte sie förmlich auf seinem überdimensionalen Schwanz auf – bei jeder Bewegung wurde sie ein wenig hochgehoben und ihre festen, naturbelassenen Brüste hüpften leicht auf und ab.

Mia schauderte: Sie mochte sich gar nicht vorstellen, wie kräftig ein solches Untier wohl sein konnte. Doch der jungen Frau auf dem Bildschirm schien die Behandlung zu gefallen: Ihr Gesicht verzerrte sich, sie legte den Kopf in den Nacken und stieß ein Geheul, das äußerst animalisch klang und ganz gut zu ihrem pelzigen Liebhaber passte. Kurz bevor sie kam, unterstützte sie die Stöße des Bären, indem sie sich aus den Fußspitzen abstieß und sich wieder und wieder auf seine Lanze fallen ließ. Ihr Höhepunkt dauerte lange, ihr anfängliches Schreien ging in ein Keuchen über, sie schüttelte ihre rote Mähne und stöhnte etwas wie „Aufhörn, aufhörn.

Als das brutale Tier sie freigab, sackte sie halb ohnmächtig zusammen und landete bäuchlings vor diesem unglaublichen Riesenpenis auf dem Boden, doch der Bär kannte keine Gnade: Er trat hinter sie, hob ihren wirklich knackigen Po mit seinen Tatzen an, drang erneut in sie ein und fickte die junge Frau noch einmal so wild durch, dass sie einen weiteren, heftigen Orgasmus bekam und anschließend bewusstlos zu Boden sank. Mia hielt erschrocken die Luft an, als sich das Tier daraufhin über die Rothaarige beugte, doch anstatt sie zu fressen, grinste er in die Kamera und spritzte ihren reglosen Körper über und über mit Sperma voll.

In der nächsten Sequenz war es dann ein mächtiger Gorilla, der mit der jungen, attraktiven Frau ebenso verfuhr wie vorher der Bär. In der dritten Sequenz vergnügte sich eine dänische Dogge mit ihr, anschließend ein leibhaftiger Löwe, gefolgt von einem Tiger. Danach durften noch ein Dobermann, ein Schäferhund und ein Schimpanse die gut gebaute Rothaarige auf die gleiche Weise beglücken.

Mia schüttelte den Kopf, schaltete den Fernseher ab und kramte die Visitenkarte des Anwalts der Firma Roboporn hervor. Sie würde ihn gleich anrufen, denn das musste geklärt werden:

Wieso hatte man ihr die falsche DVD mitgegeben?

War das nicht gefährlich mit diesen ganzen wilden Tieren? Was, wenn die mittendrin Hunger bekamen?

Und wo hatte die Firma eigentlich diese Doppelgängerin von ihr her?

Der Spaziergänger

Er

Ronan kam auf seinem täglichen Waldspaziergang an der Kreuzung an, an der er gewöhnlich geradeaus weiterging. Heute jedoch war seine Stimmung nicht so leicht wie üblich, sein Arzt hatte ihm von wenigen Stunden einige nicht sehr erbauliche Ergebnisse der letzten Vorsorgeuntersuchungen mitgeteilt – nichts Ernsthaftes, aber er würde einige Dinge in seinem Leben ab jetzt etwas anders gestalten müssen. Auf liebgewonnene Laster verzichten, zum Beispiel.

In Gedenken an baldige Veränderungen in seinem Leben bog er heute ausnahmsweise nach rechts ab und nahm den Weg, der bald zu einem kaum noch erkennbaren Trampelpfad schrumpfen würde, doch an seinem Ende – kurz, bevor man zwischen dichtem Unterholz wieder in einer Wohnsiedlung landen würde – stand eine Holzbank auf einer kleinen Lichtung. Dort wollte Ronan hin, sich für eine Weile setzen, um in Ruhe über alles nachdenken, was jetzt vor ihm lag.

Er näherte sich den Sechzig. Sicher, er war nicht der Typ, dem man das gleich ansah, er hatte sich gut gehalten, wie man so sagte: Kein Bauch, volles Haupthaar, nur sein Henriquatre-Bart war schon fast weißgrau, doch die Falten in seinem Gesicht waren überschaubar. Er trieb oft Sport, war in Form geblieben, wenngleich das Alter seinen Tribut forderte: Nicht alles ging mehr so schnell wie früher, vieles konnte er nicht mehr so lange durchhalten, wie er es gewohnt war und die Zeit, die er benötigte, um sich von seinen immer wieder stattfindenden nächtlichen Exzessen zu erholen, wurde zunehmend länger.

Ronan seufzte und seine hochgewachsene Gestalt straffte sich. Dann nickte er wie zu sich selbst: Noch war er gesund, fühlte sich jung genug, sein Leben so fortzuführen, wie er es sich in den letzten Jahren angewöhnt hatte. Die Warnungen des Arztes bedrückten ihn zwar, weckten aber auch seinen Trotz. Er würde sich nicht kopfscheu machen lassen, das war nicht seine Art. Er beschleunigte seinen Schritt und verschwand in dem dichter werdenden Wald. Die junge Frau, die ihm im Abstand von etwa hundert Metern folgte, hatte er schon lange bemerkt.

Sie

Nina konnte nicht anders. Sie wusste, dass es eine absurde Idee gewesen war, diesem Kerl zu folgen, doch sie war schon zu weit gegangen. Jetzt verschwand der ältere Mann mit energischen Schritten zwischen den dichter werdenden Bäumen. In dieser Richtung lag die Siedlung, wenn er sein Tempo beibehielt, würde er sich in spätestens zehn Minuten wieder durch bewohnte Straßen bewegen und jede Chance wäre vertan.

Sie blieb stehen. Die Chance auf was eigentlich? Welcher Teufel hatte sie geritten, vorhin, als sie dem Spaziergänger begegnet war? In sein Gesicht geblickt hatte, diese energischen Züge, die einen kleinen Stromstoß in ihrer Körpermitte ausgelöst hatten? Sie kannte sich, wusste um die Neigung, die sie zu wesentlich älteren Liebhabern tendieren ließ. Wie oft hatte sie es sich mit ihren Anfang Dreißig gegönnt, eine Weile lang das Spielzeug eines fast doppelt so alten Mannes zu sein? Und wie sehr fürchtete sie diese Obsession, fragte sich immer wieder, warum sie sich nicht wie andere Frauen von Gleichaltrigen angezogen fühlen konnte?

Vielleicht war ihr Hang zur Unterwerfung daran schuld. Sie brauchte eine starke Hand, sehnte sich nach jemandem, der sie führte, der mit ihr spielte, der ihr das Gefühl gab, sich ausliefern zu können. Gleichzeitig schreckte sie davor zurück, wollte frei sein, sich verwirklichen. Oh, sie war eine moderne Frau, durch und durch, doch diese beiden Vorlieben, die tief in ihr verankert zu sein schienen, brachten immer wieder all die guten Vorsätze, die sie im Bewusstsein fasste, ins Wanken.

Genau wie vorhin. Sie hatte nur einen kleinen Spaziergang machen wollen, in ihrer Mittagspause, deren Dauer sie zum Glück selbst bestimmen durfte. Sie war durch den Stadtpark gewandert und hatte an der Stelle, an der er in den Stadtforst überging, ihre Richtung geändert, um ihre Runde langsam zu beenden.

Kurz darauf war ihr der Mann begegnet. Groß, viel größer als sie, hager, mit scharfen Gesichtszügen, aus denen nicht eindeutig zu erkennen war, wie alt er sein mochte. Seinen Blick hielt er in weite Ferne gerichtet, er schien in Gedanken versunken zu sein. Sein gepflegter Henriquatre war schon hellgrau, gab ihm aber die verwegene Note, die vielleicht Schuld daran gewesen war, dass es sie durchzuckte. Sie blieb stehen und starrte ihn an, doch er nahm keine Notiz von ihr. Sie war es gewohnt, dass Männer sich nach ihr umdrehten, doch dieser hier kam ihr entgegen und sah durch sie hindurch.

Nina musste im Nachhinein zugeben, dass sie genau dieser Umstand bewogen haben mochte, ihm in sicherem Abstand zu folgen. Sein fester, zielstrebiger Gang, seine für sein Alter sportliche Figur – ja, sie stellte während der Verfolgung fest, dass er einen recht ansehnlichen Po hatte – wirkten auf sie beinahe hypnotisch. Sie folgte ihm, ohne darüber nachzudenken. Sie hatte keinen Plan, keinen Vorsatz. Der Typ faszinierte sie einfach – und es ärgerte sie maßlos, dass er keinerlei Notiz von ihr genommen hatte.

War sie doch heute, an diesem sonnigen Spätherbsttag, extra aufreizend gekleidet: Sie trug ihre schwarzen Wildleder-Stiefel, die hinauf bis zur Mitte ihrer Oberschenkel reichten und ein ultrakurzes Höschen im Hot-Pants-Stil, darüber ein ebenfalls schwarzes Bauchfrei-Top, das knapp über ihrem Bauchnabel endete. Der Wechsel zwischen blanker Haut und dunklem Stoff sicherte ihr die Aufmerksamkeit aller Männer, die ihr begegneten, denn sie war schlank und dennoch sichtbar weiblich, und ihr zu einem kecken Pferdeschwanz auffrisiertes, blondes Haar blieb natürlich auch nicht ohne Wirkung.

Die formschön geschnittene Nappaleder-Jacke trug sie der warmen Temperaturen wegen über dem Arm, es war kein Wunder, dass sie in diesem beinahe frivolen Outfit die meisten Blicke auf sich zog. Sie liebte es, auf diese Weise beachtet zu werden, nur der alte Kerl da eben hatte es nicht für nötig gehalten, sie auch nur eines Blickes zu würdigen.

Und jetzt verschwand er vor ihren Augen im dichteren Wald. Sie würde entweder umkehren oder den Abstand zu ihm verringern müssen. Und was, wenn er sie dann bemerkte? Sie biss sich auf die Lippen, wandte sich um und blickte zurück auf den Weg, den sie gekommen war. Viel zu weit, befand sie. Sie spürte den Kloß in ihrem Hals. Er war außer Sicht. Das gefiel ihr nicht, sie hatte sich an den Anblick seiner hochgewachsenen, aufrechten Gestalt gewöhnt. Sie gab sich einen Ruck und beeilte sich, ihm zu folgen.

Er

Ronan sah die alte, verwitterte Bank vor sich auftauchen. Er schloss kurz die Augen – das Knacken der Zweige hinter ihm kam näher, sehr viel schneller, als wenn es um einen anderen Spaziergänger handeln würde. Seine Verfolgerin beeilte sich also ganz offensichtlich. Also folgte sie ihm weiter, auch jetzt, da sie ihn nicht mehr sehen konnte. Er hatte keine Ahnung, wer sie war, doch er würde es herausfinden. Ronan trat einen Schritt zur Seite und stellte sich hinter einen alten Baum. Er war gespannt, was sie von ihm wollte.

Sie

Nina konnte den Mann immer noch nicht sehen, der kleine Pfad wand sich in viel zu vielen Kurven durch den Wald und der Bewuchs war um einiges dichter als auf dem großen Weg bis zur Kreuzung, an der sie sich entschieden hatte, dem ignoranten Spaziergänger weiter zu folgen. Sie beschloss, schneller zu gehen. Irgendwann rannte sie, trotz der hohen Hacken ihrer Stiefel.

Sie kam nur mühsam voran, stolperte immer wieder, sank mit den Spitzen ihrer Heels in dem weichen Waldboden ein und fluchte still vor sich hin. Langsam begann sie zu schwitzen, es war warm und es strengte sie an, schnell genug vorwärts zu kommen. Ihr wurde bewusst, dass sie ihn einholen, mit ihm sprechen musste. Sie hatte keine Ahnung, was sie zu ihm sagen sollte, aber sie war sicher, dass ihr das rechtzeitig einfallen würde.

Vor ihr öffnete sich eine kleine Lichtung, auf der eine Fußgängerbank stand, alt und verwittert. Von ihm war nichts zu sehen. Weit konnte es nicht mehr bis zum Anfang der Siedlung sein und sie wehrte sich gegen den Impuls, laut zu fluchen. Was war bloß los mit ihr? Sie spürte fast so etwas wie Sehnsucht nach diesem Unbekannten. Warum beeilte der sich nur so?

Sie zwang sich, noch schneller zu laufen, als es geschah: Sie hatte offenbar einen Ast übersehen, erhielt einen derben Schlag gegen den Hals, der sie von den Füßen riss. Mit einem erstickten Aufschrei strauchelte sie, doch sie fiel nicht – jemand hielt sie mit eisernem Griff fest.

Er

Eine junge Frau, recht ansehnlich gewachsen und fast herausfordernd gekleidet. Diese nüchterne Analyse lieferte Ronans Gehirn nebenbei, während er den rechten Arm ausstreckte, um die Verfolgerin niederzustrecken. Nur seinen immer noch gut funktionierenden Reflexen war es zu verdanken, dass niemand Schaden nahm: Er bewahrte die Frau vor einem Sturz, indem er sie an sich zog, ihr einen Arm auf den Rücken bog und den Anderen um ihren Hals legte.

Sie

Nach dem ersten Schrecken wurde Nina bewusst, dass es „ihr" Spaziergänger war, der sie da im Schwitzkasten hielt und ihr einen Arm auf den Rücken drehte. Sie konnte sich kaum rühren und schloss die Augen. Sie bemühte sich, ruhig zu atmen, sie wollte sprechen und dafür musste sie Luft holen. Doch lange, bevor sie bereit dazu war, erklang seine Stimme an ihrem Ohr. „Na, junge Dame? Ist das wirklich klug in diesem Outfit durch den Wald zu rennen?"

Dunkles Timbre, die Sprache schleppend, beinahe arrogant. Sie wagte kaum zu Atmen. Seine Worte hatten sie zum Vibrieren gebracht. Er hielt sie wie in einem Polizeigriff fast und machte sich über sie lustig. Klang fast spöttisch. Sie wollte sich schämen und gleichzeitig nie wieder diese Nähe aufgeben. Ihre Antwort bestand in einem unkoordinierten Urlaut, der für ihn wie „Uhhhh" klingen musste. Sie schloss die Augen und presste die Lippen aufeinander. Und hoffte, dass er bald etwas tun würde. Irgendwas, das dieser Situation angemessen war.

Er

Ronan ließ seinen Blick an der Gefangenen hinabgleiten. Sie hatte eben gestöhnt, was ihn ein wenig irritierte. Sie wehrte sich nicht, versuchte nicht, sich zu befreien, blieb ganz still und hielt die Nähe zu ihm – so schien es ihm wenigstens. Jedenfalls verhielt sich die junge Frau kein bisschen so, wie es zu erwarten gewesen wäre.

Er atmete tief ein und ein vertrautes Aroma ließ ihn kurz die Augen schließen. „Oh." Er konnte nicht verhindern, dass er diesen Laut von sich gab. Er machte ein paar Schritte zur Bank, gab sie frei und sie setzte sich. Er stand vor ihr, sehr nah, seine Hüfte direkt vor ihrem Gesicht, das sie gesenkt hielt, schwer atmend. Sie wagte nicht, aufzublicken.

Sie

Er hatte sie auf die Bank gesetzt. Mit kurzen, gezielten, präzisen Bewegungen, ohne jedes Wort. Ein „Oh" war ihm herausgerutscht, einmal mehr mit dieser Stimme, die ihr durch und durch ging. Jetzt stand er vor ihr. Ganz nah. Sie hatte ihn eingeatmet, irritierend direkt. Sie wagte nicht, zu ihm aufzublicken. Etwas in ihr bebte. Sie wollte die Schenkel zusammenpressen, aber sie tat das Gegenteil. Lehnte sich zurück und machte die Beine breit, instinktiv und ohne nachzudenken. Ihren Blick hielt sie starr auf seinen Schritt gerichtet, auf die Stelle, die sich direkt vor ihr immer weiter ausbeulte.

Er

Die junge Frau benahm sich wie eine rollige Katze. Sie war ohnehin ein verführerischer Anblick, jung, gut gewachsen, verspielt, jetzt saß sie breitbeinig vor ihm und schaffte es tatsächlich, ihm ihre adretten Brüstchen entgegen zu recken, ohne ihn dabei anzusehen. Ronan blickte kurz nach links und nach rechts: Sie waren allein. Die junge Frau lag vor ihm, hingeflossen auf die Bank, mit leicht geöffneten, feuchten Lippen. Er konnte nicht darüber nachdenken – es geschah einfach.

Er ergriff sie an ihrem blonden Pferdeschwanz, drehte sie, dirigierte sie so, dass sie auf der Bank zu knien kam, dann zog er ihr knappes Höschen über ihre festen Pobacken hinab – wie er erwartet hatte, trug sie darunter nichts – nestelte an dem Reißverschluss seiner Hose, befreite sein hartes, fast schon schmerzendes Glied aus dem engen Gefängnis, zog mit routinierter Geste ein Gummi darüber und drang ohne jede Anstrengung in sie ein. Fast war ihm, als wenn ihre Vulva nach seinem Pfahl schnappte, als wenn sie ihn in sich aufsaugen würde.

Sie

Als er sie so positionierte, dass er sie nehmen konnte, wusste Nina, dass sich eine uralte Geschichte einmal mehr wiederholen würde. Sie bemühte sich, keinen Laut von sich zu geben, um nicht alles frühzeitig zu verderben. Sie bemerkte erleichtert die kurze Verzögerung, als er für den angemessenen Schutz sorgte. Dann spaltete er sie, gezielt, sicher und souverän. Sie fühlte ihn in sich eindringen, biss sich auf die Lippen und hielt die Luft an. Es war zu schön, sie wollte nicht keuchen, nicht schreien, nicht atmen, wollte nichts verderben.

Er fickte sie. Ausgiebig, intensiv. Lange. Er benutzte sie, kümmerte sich nicht darum, wie sie empfand, nahm keinerlei Rücksicht. Bemühte sich nicht. Er sparte sich jeden Kommentar, gab keine senilen Äußerungen von sich. Er blieb völlig überlegen, beinahe distanziert. Kam in ihr, zog sich aus ihr zurück und hinterließ eine erschreckende Leere. Sie hörte, wie er sich von dem Gummi befreite, den Schwanz wieder versteckte und den Reißverschluss seiner Hose hochzog.

Sie verharrte eine lange Weile in der Stellung, in der er sie genommen hatte, der leise Wind strich ihr um die nackten Schenkel und schien ihre Schamlippen zu kühlen. Dann begann sie zu zucken. Stöhnte auf. Konnte ein gurrendes Lachen nicht unterdrücken. Seine Stimme erklang, durchfuhr sie erneut und alles in ihr wollte seine Anweisung befolgen: Sie fuhr sich mit den Fingern ihrer rechten Hand zwischen die Beine und beendete, was der Fremde begonnen hatte. Er setzte sich derweil neben sie auf die Bank und sah ihr lächelnd zu.

Er

Ronan war in ihr gekommen, hatte sich an ihr befriedigt. Er reinigte seinen Schwanz mit einem Taschentuch, nachdem er sich des Gummis entledigt hatte, verschloss seine Hose und überlegte, was er sagen sollte. Aber ihm fiel nichts Passendes ein. Sie hielt die Position, die er ihr zugewiesen hatte, doch er sah, dass sie hoch erregt war. Er lächelte und nickte ihr aufmunternd zu. „Mach's Dir auch. Das ist okay."

Sie schloss die Augen, fuhr sich mit der Hand zwischen die Beine und befolgte seine Anweisung. Als sie fertig war – lautstark und sichtbar feucht – behielt sie die Position bei.

Ronan holte sein silbernes Zigarettenetui heraus und zündete sich eine an. Sie blieb auf der Bank knien, den blanken Hintern in die Waldluft gestreckt und biss sich auf die Zunge. „Das könnte eine wundervolle Beziehung werden, junge Dame. Was ich mich nur frage ist: Wer ist hier der Jäger und wer die Beute?"

Sie

Nachdem Nina gekommen war, klang ihre Erregung nicht ab. Er saß neben ihr und rauchte. Dann stellte er ihr eine Frage, eine kluge, aufregende Frage. Sie lachte, mehr nach innen als für ihn sichtbar. Sie sah ihn an, blickte in seine grünen Raubtieraugen. Und erinnerte sich: Auch sie war eine Jägerin, die sich nur zu gerne zur Strecke bringen ließ. Doch vielleicht war es ja an seiner Seite möglich, etwas völlig anderes zu erleben?

„Ich heiße Nina." Die Worte kamen leise, leicht und voller Verheißung.

Er

„Dann zieh Dich an, Nina. Ich bin Ronan. Wir haben eine ganze Welt zu entdecken und wir sollten bald damit anfangen."

Cappuccino vs. Instantkaffee

Ich betrachte diesen Mann nachdenklich und rühre lustlos in meiner Tasse herum. Jetzt ist es spät. Vor langer Zeit hatte mein Handy eine Uhrzeit angezeigt: 23:32 Uhr.

Vor langer Zeit, am Eingang dieser Cocktailbar, als ich unschlüssig war, was ich tun sollte. 23:32 Uhr ist keine Zeit – weder zum Schlafengehen, noch, um etwas wirklich Aufregendes zu beginnen. Ich entschied mich aber, diesen Tag um wenigstens ein Erlebnis zu verlängern.

Gleich nach dem Eintreten fiel mir auf, dass er mich musterte, dass er mich nicht aus den Augen ließ, obwohl er sich Mühe gab, sein Interesse zu verbergen. Eigentlich hatte ich nur schnell einen Caipi trinken wollen, nach einem langen Arbeitstag, allein, um etwas runterzukommen. Doch da war ER mit diesen unversteckten Augen, die jede meiner Bewegungen verfolgten.

Ich setzte mich trotzdem an die Bar, orderte das Getränk und bemühte mich, nirgendwo hinzublicken. Es nützte nichts, er sprach mich an. Und dann gab ein Wort das andere. Ich meine, es gab viel mehr Worte von mir als von ihm: Er versuchte erst gar nicht, mich zu beeindrucken. Er blickte mich an, durchdringend, mit hellen, grünen Augen, ganz der einsame Wolf, diesem Typ, dem ich noch nie hatte widerstehen können. Er war hoch gewachsen, trat elegant auf, hielt sich zurück und sprach nur das Nötigste, doch wenn er sprach, summte es in all meinen Nervenbahnen. Manchmal hätte ich ihm sein arrogantes Nicken, sein süffisantes Lächeln, seine reservierte Art gern um die Ohren gehauen, doch tief in meinem Inneren spürte ich: Gegenwehr war zwecklos.

Schon sein Aussehen, sein Auftritt, die unverschämte Selbstsicherheit sagten mir, dass dieser Abend keinesfalls wie sonst entspannt auf dem Sofa enden würde, im Fleece-Anzug, mit Wollsocken an den nackten Füßen und einer Chipstüte auf dem Bauch.

Er verzichtete auf die obligatorische Frage „zu Dir oder zu mir", er nahm einfach meine Hand, als die Zeit reif war, zog mich mit sich und ich landete am

Ende auf der Arbeitsplatte seiner Küche, mein nackter Hintern rieb sich bei jedem seiner vehementen Stöße auf der edlen Oberfläche, während er alles gab. Es war eine hübsche Küche, vielleicht zu viele Accessoires für einen Junggesellen, doch mir gefiel sie, vor allem die Edelstahl-Töpfe, die über mir schaukelten, wann immer er beim Stoßen mit seinem Kopf dagegen stieß.

Nach knapp zehn Minuten war alles vorbei, inklusive Vorspiel. Er war nach wie vor kein Mann der vielen Worte und erst recht kein Mann der vielen Variationen: Kurz und schmerzlos – Haken dran.

Ein harter "Quick Fick" kann ja durchaus seinen Reiz haben, wenn danach noch etwas kommt. Oder währenddessen. Oder vorher. Mein Gefühl war aber, der Kerl hatte wie ein verbissener Quarterback versucht, den Wurf seines Lebens zu setzen – sein alleiniges Endziel im Auge, ohne der Mitspielerin die Chance gebend, sich einzubringen.

Den anschließenden Cappuccino bereitete er mit Ausdauer, besten Bohnen und viel Liebe zum Detail zu. Selbst einen Hauch Kakao ließ er zum Schluss über den perfekt geschlagenen Schaum rieseln und bat mich, ihn in Ruhe zu genießen.

„Cappuccino müsste man sein", dachte ich bei mir, als ich ihn nachdenklich betrachtete. Eben gerade, auf der Arbeitsplatte, war ich mir vorgekommen wie ein fahl und schnell aufgegossener Instantkaffee, in dem man lieblos mit einem Löffel rumrührt ...

Sing für mich

Wie hatte das Ganze angefangen?

Zuerst ist sie meine Chefin geworden – oder meine Vorgesetzte. Sie wurde mir jedenfalls vorgesetzt. Achtundzwanzig Lenze zählte sie seinerzeit, hatte den qualifizierteren Bildungsgrad und die deutlich sichtbarere Beharrlichkeit. Eben Lust auf mehr, Bock auf schneller, höher, weiter. Ich dagegen – der Routinier, grau und faltig – war längst jenseits von Gut und Böse angekommen. Ich konnte mir inzwischen leisten, was all diesen jungen Karrierezombies fremd war: Gelassenheit. Mal einen Tag ausfallen lassen. Nicht immer pünktlich sein.

Gelassenheit macht souverän. Überlegen. Lässt einen Lächeln, wenn anderen zum Heulen zumute ist. Das Fehlen jedes ehrlichen Engagements sorgt für eine Art Übermenschlichkeit.

Als es ihr das erste Mal dreckig ging in dieser neuen Position, habe ich sie getröstet, gestützt und aufgebaut. Ja, ich habe ihr Mut gemacht, ihr Tipps gegeben, mein Gott, mich kostete das nicht mehr als den Rückgriff auf längst vergessene Erfahrungen. Da wurden wir Freunde oder etwas Ähnliches. Jedenfalls begann sie, mir zu vertrauen. Und wurde zutraulich.

Ich habe mal nachgerechnet: Achtundzwanzig plus Achtundzwanzig macht Sechsundfünfzig. Das Kind war halb so alt wie ich. Aber recht hübsch gewachsen, innen wie außen, und sie war von einem liebevollen, temperamentvollen Wesen wie man es sich von seinen eigenen Kindern wünscht.

Ehrlich: Nie habe ich sie als Frau gesehen. Ihr niemals begehrliche Blicke nachgeworfen. Ich habe sie schlichtweg ignoriert, diese blonde, wallende Mähne, habe nicht bemerken wollen, dass sie schlank war, dass sie glatte Haut, feste Brüste, ein auffällig adrettes Hinterteil und blaue Augen hatte. Sie war immer so etwas wie eine Adoptivtochter für mich gewesen. Bis zu jenem Abend.

Es hatte sich zwischen uns etwas entwickelt: Die berufliche Vertrautheit führte unweigerlich zu einem engeren Umgang miteinander. Sie fragte mich nicht mehr nur um Rat, wenn es um unseren Alltag in der Firma ging, sie wollte ebenfalls von mir wissen, wie sie die Krise mit ihrem Lebensgefährten meistern könne. Öffnete mir ihr Herz, oft zu Mittag und wir überzogen die Pausen maßlos. Schleichend blieben wir länger gemeinsam im Büro, genossen die Zeit, wenn alle Kollegen zuhause und wir für uns waren. Immerhin: Sie war offiziell die Chefin. Sie konnte das so anordnen, alles legitimieren.

Aber sie blieb für mich das Mädchen, das auf dem besten Weg war, erwachsen zu werden. Das kleine Mädchen, das ich hin und wieder gern über das üppige, helle Haar gestreichelt hätte ohne mir etwas Verwerfliches dabei zu denken. Bis zu jenem Abend, an dem sich alles änderte.

Wir hatten uns außerhalb der Arbeit verabredet: Sie, ihr aktueller Lebensabschnittsgefährte, meine Frau und ich. Wir gingen in diese stadtbekannte Karaoke-Bar um uns vorsätzlich öffentlich zu blamieren. Erlaubtes Privatvergnügen, keine vorgeschobenen Überstunden mehr, keine dringenden Projektbesprechungen, die für ein wenig Ungestörtheit zwischen uns herhalten mussten: offizielle, freundschaftliche, nicht-dienstliche Zeit miteinander. Spaß. Leben. Unbeschwertheit – bis zum „Danach" dieses Abends.

Es war nichts abgekartet. Nichts geplant. Keine perfide Strategie dahinter. Es ist einfach passiert. Sicher, ich hatte dreißig, vierzig Jahre Zeit gehabt, singen zu lernen, doch niemals professionell, das war immer für mich und das stille Kämmerlein gewesen. Gut, da gab es die Band, die ich mit Achtzehn gegründet hatte, ein paar Auftritte, zwei Jahre lang, nichts für die Ewigkeit. Ich war meinem Verständnis nach Anfänger, und kein Anfänger wäre so dämlich gewesen, sich ausgerechnet an IHM zu versuchen. Auch ich nicht. Das habe ich früher schon nicht gewagt als ich noch wagemutig gewesen bin, selbst da habe ich die Finger von IHM gelassen. Mittlerweile war ich aber jenseits von Gut und Böse. Ich konnte mir inzwischen leisten, was all diesen jungen Karrierezombies fremd war: Gelassenheit. Also konnte ich auch wagen, einen Song von Elvis in der Öffentlichkeit zu singen.

Und das tat ich an jenem Abend, der alles ändern sollte. Sicher nicht das stärkste Stück vom King, aber trotzdem nicht leicht für Normalbegabte:

Her hair is soft and her eyes are oh so blue
She's all the things a girl should be
but she's not you *

„She's not You" – das ist dieser Song, bei dem man mit Stimme und Blick von ganz unten kommt und der Angebeteten tief in die Augen schaut. Aber man geht auch weit nach oben, über mehr als zwei Oktaven, so wie es nur der King hingekriegt hat, ohne dass die Zuhörer Ohrenschmerzen bekommen. Und irgendwie habe ich es an jenem Abend geschafft, das mit meinen begrenzten Ressourcen ebenfalls hinzukriegen.

(dann kommt diese gefährliche Pause, in der man schnell aus dem Takt geraten kann)

She even kisses me like you use to do
and it's just breaking my heart
caus' she's not you *

Ich hatte den Song bisher sicher an die zweihundert Mal performt und er saß. Ich weiß bis heute nicht, wie die Tonlage heißt, aber Frauen hören sie offenbar nicht nur mit ihren Ohren, sondern nehmen sie ebenfalls zwischen den Beinen wahr.

So auch sie. Und es traf sie mitten ins Herz (oder etwas tiefer). Das war nicht meine Absicht gewesen, aber nach diesem Abend in der lausigen Karaoke-Bar war alles anders zwischen uns. Schon beim Abschied fiel mir ihr veränderter Blick auf, die glänzenden Lippen, die rosigen Wangen. Und das erste Mal, seit wir uns kannten, umarmte sie mich zum Abschied. Drückte mich, hielt mich fest, rieb sich an mir, ganz ungewohnt, aber hochwillkommen.

Am nächsten Morgen, als ich ins Büro kam, lag eine Nachricht von ihr auf meinem Schreibtisch: Gesprächstermin - 09:00 Uhr.

Ich ging zu ihr und fand sie mit halb geöffnetem Mund auf einem Bleistift kauend, lasziv in ihrem Sessel liegend, die unbeschuhten Füße auf dem Tisch aneinander reibend, vor. Sie flüsterte mir zu, ich solle die Tür abschließen. Ich tat es. Sie erhob sich aus ihrem ledernen Chefinnen-Sessel, schwebte mir entgegen und ging in die Knie. Ihre Stimme klang ein wenig lüstern, als sie begann, meine Hose zu öffnen.

„Sing für mich".

Das war ein Vorgesetztinnen-Befehl, eindeutig. Wenngleich sie anfangs ein wenig unsicher wirkte. Was dann folgte, änderte unser aller Leben nachhaltig. Aber sie schmilzt heute noch förmlich dahin, wenn ich ihr den Elvis mache. Gesanglich, meine ich.

* – Liedtext zitiert aus „She's not You" von Elvis Presley

Hat Ihnen die Lektüre Spaß gemacht, lieber Leser?

Dann tun Sie mir doch den Gefallen und teilen dies der Welt mit – beispielsweise als Rezension in der weiten Welt des Internet.

In Kürze werde ich weitere Kurzgeschichten und Texte in Band 2 und Band 3 veröffentlichen – ich würde mich freuen, Sie dann erneut zu einem inspirierenden Leseabend begrüßen zu dürfen.

Ich verbleibe jedenfalls mit einem herzlichen Gruß,

Ihr Wagner E. Stein

Zeitfracht Medien GmbH
Ferdinand-Jühlke-Straße 7
99095 Erfurt, Deutschland
produktsicherheit@kolibri360.de